Galacticstrike
Il potere dei frammenti

by Nick Berger

Titolo | Galacticstrike. Il potere dei frammenti
Autore | Nick Berger

Passione Scrittore
il tuo self publishing
____

www.passionescrittore.it

Un ragazzo molto speciale

In un paese tranquillo viveva un ragazzo di nome Nick. Nick era un ragazzo disabile in carrozzina molto intelligente, per questo a scuola veniva spesso preso in giro dai suoi compagni di classe e dai bulli, perché lo consideravano uno sfigato.

Ragazzi della scuola: «Guardate, ecco Nick, lo sfigato cervellone della scuola!», ripetevano ogni giorno.

Ragazzo della scuola: «Salve sfigato, visto che sei così tanto intelligente, perché non provi a scoprire sui libri una cura per il tuo handicap? Ah già, vero, non esiste, ah ah ah!!».

Ogni volta che Nick li sentiva si tratteneva dalla rabbia, ma per fortuna aveva con sé i suoi migliori amici.

Carl: «Trattieniti, sai che sono solo degli stupidi invidiosi».

Chris: «E ignoranti, soprattutto ignoranti; non possono dire a una persona disabile di camminare, è come dire a un pesce di arrampicarsi sugli alberi, oppure dire a un gatto di abbaiare. Poi non è mica colpa tua se la tua disabilità la porti fin da quando sei nato, vorrei proprio vedere se loro fossero nei tuoi panni».

Carl: «Dai Nick, col tempo riuscirai a camminare, devi avere solo pazienza e un giorno avranno pure loro ciò che gli merita».

Chris: «Siamo o non siamo i tuoi migliori amici?!».

Nick: «Grazie ragazzi», rispondeva grato nei confronti dei suoi amici.

Lungo il corridoio stavano parlando di un film in TV che avevano visto il giorno prima, un film di fantascienza che parlava di battaglie all'ultimo sangue tra navicelle spaziali per liberare la galassia da un pericoloso nemico, assetato di odio, il cui scopo era quello di voler spazzare via tutto. Ai ragazzi piaceva molto questo genere cinematografico, specialmente a Nick, lui lo adorava moltissimo, a tal punto da desiderare di volere un giorno guidare una navicella spaziale: era il suo sogno.

Parlando, a un certo punto i ragazzi si imbatterono del bullo della scuola, Billy, che ogni mattina minacciava Nick chiedendogli di lasciargli la merenda. Nick era ancora nel mondo nelle nuvole quando il bullo, molto irritato, gli fece l'ennensima domanda:

Billy: «Ehi, mi stai a sentire? Ti ho chiesto un favore, se mi fai perdere la pazienza non sai che bel regalo ti aspetta».

Gli amici, intimoriti dal bullo, consigliarono a Nick di fare quello che diceva.

Carl: «Eeeeh Nick… ti consiglio di dargli retta».

Billy: «Mi puoi fare i compiti, entro domani li voglio FATTI!!!».

Nick: «Va bene, te li farò… contaci», rispose ironicamente.

Billy: «Bravo, altrimenti ti porterò io direttamente dagli extraterrestri, a suon di botte iperstellari! Ah ah ah!».

Carl: «Fiuuuuu… c'è mancato poco».

Nick: «Già…».

Chris: «Com'è fastidioso, mi domando come tu, che lo conosci da tempo, faccia ancora a sopportarlo».

Nick: «Sai una cosa… Non lo so nemmeno io», rispose perplesso al suo amico.

I ragazzi uscirono dalla scuola e si misero a discutere per ritrovarsi più tardi a casa di uno di loro, a quanto pare Chris sembrava avere una novità in serbo, proponendo ai suoi amici di giocare con il suo gioco nuovo, comprato il giorno prima. Carl non pareva tanto convinto, al contrario di Nick, che sembrava incuriosito di provarlo.

Nick tornò a casa, appoggiò lo zaino sul divano e salutò sua madre:

Nick: «Mamma, sono a casa!».

Entrò in salotto e sua madre preoccupata disse:

Madre di Nick: «Ciao tesoro, com'è andata a scuola?».

Nick: «Come al solito, ragazzi che ti prendono in giro e il solito bullo che ti minaccia se non gli fai i compiti, per il resto tutto OK».

Sua madre ascoltò le parole del figlio. Dopo avere cambiato discorso, Nick domandò se poteva uscire con gli amici, e sua madre dopo tutto non poteva digli di no, anche perché suo figlio aveva degli splendidi voti a scuola, e i compiti li faceva sempre in un batter d'occhio! Nick sorrise alla madre.

La famiglia di Nick era una famiglia tranquilla, che tutti vorrebbero avere. Sua madre era molto premurosa, umile e gentile, faceva la casalinga ed era sempre a disposizione di suo figlio, mentre suo padre, che lavorava in ufficio, era un tipo sicuro di sé e molto determinato.

Nick e sua madre si sedettero a tavola per pranzare, e mentre stavano mangiando Nick chiese alla madre se papà fosse già dovuto andare al lavoro, e sua madre rispose che aveva avuto un imprevisto, e che appena aveva finito di mangiare era dovuto scappare. A Nick questo dispiacque tanto, perché avrebbe preferito pranzare insieme a suo padre, ma Nick è un tipo forte, il suo animo non crolla così facilmente. Dopo qualche ora Nick si trovò a casa di uno di suoi amici, con esattezza a casa di Chris.

Chris e Nick: «Hai perso anche questa volta!».

Carl: «Eeeee daaai, noooo! Non è giusto, ci deve essere uno sbaglio… siamo sicuri che non avete usato qualche trucco?».

Nick: «No nessun trucco; ci dispiace, ti devi rassegnare amico mio».

Chris: «Prima o poi imparerai… a perdere di nuovo!!».

Carl: «No, siete crudeli».

Nick: «Non dicevi stamattina di possedere una potenza nascosta?!».

Carl: «Ehm, sai, non mi sono riposato abbastanza, oggi la mia super potenza non si è caricata a sufficienza».

Chris: «Seee seee, non tirare fuori ancora scuse, perché non ti sentivi bene, il controller non andava, il gioco laggava, voi avete usato i trucchi, io non mi sono riposato beneeee… bla bla, bla bla, bla bla».

Nick: «Cavolo, si è fatto tardi!!».

Chris: «Come passa veloce il tempo quando si vince contro questo nabbo…».

Carl: «Nabbo a chi? E poi quelle cose che chiamate "scuse", erano vere!».

Chris: «OK, OK, non ti scaldare… nabbo!».

Carl e Chris si misero a bisticciare mentre Nick cercava di calmarli.

Nick: «Basta, non state un pochino esagerando?».

Chris: «Sì, hai ragione Nick, mi sono fatto prendere un po' troppo la mano».

È proprio vero, il tempo passa, o meglio, il tempo passa quando ci si diverte, Nick si accorse dell'orario, e insieme a Carl dovette tornare a casa dandosi appuntamento a scuola.

Nick tornò a casa per l'ora di cena e trovò la tavola già apparecchiata, con un buon odore proveniente dal forno. A tavola, seduto, c'era suo padre tornato a casa dopo un lungo e faticoso lavoro.

Padre di Nick: «Amore, cos'hai preparato di buono?!».

Madre di Nick: «Purè di patate con lo stufato di pollo».

Padre di Nick: «Mmm, che profumino…! Ehi Nick, com'è andata oggi a scuola?».

Nick: «Troppo tardi, papà, la mamma me lo ha già chiesto per prima».

Padre di Nick: «Accidenti, non ci voleva… Ti sei divertito, almeno?».

Nick: «Moltissimo guarda! Abbiamo fatto festa per tutta la lezione!».

Padre di Nick: «Davvero?».

Nick: «No! Ah ah ah! Sei il solito credulone, papà».

Padre di Nick: «Come immaginavo… sto diventando vecchio…».

Nick: «Tranquillo papi, ti manca ancora qualche anno alla crisi di mezza età».

A quel punto il padre si depresse ancora di più.

Nick: «Scherzavo papà!».

Madre di Nick: «Tutti a tavola!».

Il sogno nel cassetto di Nick era quello di pilotare un'astronave, e, parlando di sogni, durante la notte Nick fece un sogno strano. Gli comparve una serie di immagini, immagini di paura, sofferenza e avvenimenti catastrofici causati da un essere malvagio con i suoi soldati alla ricerca dei frammenti di un medaglione, quasi che lo volessero avvertire del pericolo imminente, ma all'improvviso, nel sogno, un medaglione con una voce in sottofondo si mostrò chiedendogli di tenerlo con sé, essendone degno per il suo animo umile e sincero.

Nick si svegliò di colpo con la testa indolenzita dalla quantità di immagini apparse nel sogno, e non appena si voltò trovò appoggiato sul comodino il cosiddetto "Medaglione Galattico", citato dalla voce misteriosa del sogno. Il medaglione era rotondo e luccicava come oro, al centro vi era incastonato una specie di diamante splendente a forma di orbita, e al suo interno si vedevano il cosmo stellato, le nebulose e la Via Lattea. Il medaglione era tenuto da una collana color rame. Quando Nick lo vide, rimase di stucco e disse:

Nick: «E questo cos'è…? No… è il medaglione del sogno… ma… come ho fatto ad averlo? No, questo è uno scherzo…».

Lo prese e lo nascose dentro nello zaino, e quando si accorse di essersi alzato in piedi rimase ancora una volta senza parole.

Nick: «Le mie gambe hanno iniziato a muoversi dal nulla, che stregoneria è mai questa?!».

Scese giù di corsa con lo zaino in spalla, prese una fetta biscottata con della marmellata spalmata e senza salutare i suoi genitori uscì di casa verso la scuola. La madre non fece in tempo a parlargli, perché ormai suo figlio se ne era già andato. Lungo il cammino incontrò i suoi amici, che come lo videro notarono subito il cambiamento in Nick.

Nick: «Ciao ragazzi!».

Chris: «Ciao Nick! Come mai tutta questa energia? Sei carico per il prossimo numero del fumetto?».

Nick: «Sì, non vedo l'ora che il protagonista spacchi la brutta faccia di quegli insignificanti sottoposti del perfido tiranno».

Carl: «Chris, hai notato anche tu che Nick non sta più seduto sulla sedia a rotelle?».

Chris: «Sì, vero! Nick, ma come hai fatto tutto a un tratto a riprendere a camminare nonostante le tue condizioni?».

Nick: «Eeeee… una storia lunga, un giorno ve lo spiegherò».

Carl e Chris: «Basta che non ci fai aspettare, siamo mooolto ansiosi di saperlo».

Davanti alla scuola incontrarono i soliti bulli con il loro capo. Nick e i suoi amici li ignorarono, ma il bullo che tormentava Nick ogni giorno li fermò con aria da spaccone, tentando di provocare i poveri ragazzi.

Billy: «Dove credete di andare, babbei?».

Uno dei tirapiedi di Billy: «Ehi, hai visto capo, Nick non sta più sulla sedia a rotelle».

Billy: «Già… Nick, che fine ha fatto la sedia a rotelle, te l'ha portata via un'astronave?!».

Anche Billy era sorpreso di vedere Nick in piedi, ma dopo la sua battuta i ragazzi ignorarono ancora Billy, ed egli si irritò.

Billy: «Sfigato! Devi ridere alle mie battute! Se mi ignori ancora giuroooo…».

Billy gli sferrò un pugno, ma Nick con tutta tranquillità lo schiva con abilità e lo ricambiò con una semplice gomitata alla nuca, facendogli perdere i sensi.

I tirapiedi di Billy: «Cos'hai fatto al nostro capo?! L'hai fatta veramente grossa, babbeo! Dopo te la farà pagare ancora di più».

I tirapiedi con il bullo K.O. se ne andarono.

Carl: «Ma da quando in qua conosci le arti marziali? Ma soprattutto, dove hai trovato il tempo per impararle?».

Nick: «Diciamo che stanotte non ho avuto voglia di andare a dormire e mi sono messo a imparare tutte le combo a memoria di un gioco "picchiaduro"».

Carl: «OK! Allora al diavolo i compiti! Stanotte mi darò anch'io alle arti marziali».

Chris: «Ma cosa vuoi fare, non sai nemmeno allaciarti le scarpe! Ah ah ah!».

E a Carl cadde di nuovo l'autostima.

Durante la lezione il giovane era con la mente tra le nuvole, i pensieri gli frullavano per la testa, pensava ancora al sogno che aveva fatto, al medaglione e alla strana voce misteriosa che gli aveva affidato l'oggetto. Il professore si accorse che il ragazzo era distratto e lo chiamò alla lavagna a risolvere un calcolo di matematica.

Professore: «Nick, ti vedo distratto, perché non vieni a risolvere questa equazione alla lavagna?».

Nick: «Sì professore…».

Nick si alzò in piedi e si diresse verso la lavagna per risolvere il calcolo chiesto dal professore.

Nick: «Ecco fatto, questo è il risultato», rispose tranquillo.

Professore: «Complimenti Nick! Anche da distratto riesci sempre a sorprendermi. Ottimo lavoro!».

Nick: «La ringrazio, professore».

Professore: «Ragazzi, dovete prendere esempio da lui: è sveglio, si trova sempre preparato ed è costante nello studio».

I compagni di classe si guardarono l'uno con l'altro e sembravano essere in disaccordo con il professore. Nick tornò lentamente al suo banco e nel frattempo i suoi compagni continuavano a insultarlo lanciandogli addosso palle di carta. Nick non fece tanto caso a ciò che gli veniva detto, era ancora troppo concentrato sui pensieri che gli frullavano per la testa e sullo strano sogno che aveva fatto la notte precedente.

La campanella della ricreazione suonò, e il professore accortosi della meravigliosa guarigione, volle scambiare due parole con Nick.

Professore: «Nick, sono contento che tu ti sia ripreso dalla tua disabilità, ma voglio dirti una cosa, non fatti trattare in quel modo dagli altri, perché non reagisci quando ti offendono?».

Nick: «Ormai ci sono abituato, ma sa professore… la vera disabilità non è la persona che non riesce a muoversi con le proprie gambe, la vera disabilità è colui che non sa muoversi con la propria mente, e come stampella ha bisogno di criticare gli altri per sorreggersi in piedi, perché senza quella "stampella" cadrebbe, e lui non è nessuno, solo una persona con un vuoto».

Il professore rimase spiazzato dalle parole sagge di Nick.

Subito dopo il dialogo con il professore, Nick incontrò i suoi amici, che, ancora sbalorditi per la scena della mattina con il bullo, dissero:

Carl: «Nick! Sei stato fantastico con quella gomitata alla nuca, ti prego, insegnacelo».

Nick: «Beehhh, eccooooo…».

Chris: «Dai, lascialo stare, sta avendo una giornata faticosa, dopo tutte quelle ore passate a fare calcoli di matematica, poi sai cosa ci ha detto prima, che ha imparato le arti marziali passando delle ore a giocare al "picchiaduro"».

Nick: «Già, vero, Carl vuole che gli insegni le arti marziali, perché se prova a imparare con il videogioco getterebbe già la spugna ai primi livelli di gioco a modalità facile».

Chris: «Dammi il cinque, amico!».

Carl ci rimase davvero male.

Il più duro dei bulli comparve ancora una volta infuriato per ciò che era successo davanti alla scuola, non sopportava l'idea che qualcuno gli mettesse i piedi in testa, e rivolgendosi a Nick disse:

Billy: «Ora te la farò pagare per quello che mi hai fatto fuori dalla scuola».

Nick: «OK…».
Billy: «Soooloo OK? Come sarebbe, solo OK?!».
Nick: «OK…».
Billy: «Ora ne ho abbastanza dei tuoi giochetti!!».
Nick: «Ora ne ho abbastanza anch'io della tua arroganza».
Billy: «Preparati al peggio!».
Nick: «Ooooh guarda, sto tremando di paura».

Nick, senza esitare, gli sferrò con tutta tranquillità un calcio nel ginocchio destro, causando al bullo una bella frattura.

Nick: «Chi è ora il nerd sfigato che stava sulla sedia a rotelle?».

Poco dopo la lite tra i due, all'improvviso si sentì un'esplosione provenire dall'altra parte della scuola, gli alunni urlavano e correvano spaventati, mentre i professori si raccomandavano di dirigersi verso l'uscita d'emergenza.

Alunni della scuola: «AAAHHH!!!».

Professori: «Correte verso l'uscita, presto! Mettetevi al riparo!».

Nick non sapeva cosa stesse accadendo, e in preda dalla confusione domandò al professore che cosa fosse stata la causa dell'esplosione.

Nick: «Professore, cosa sta succedendo??!!».

Professore: «Sembra strano, ma pare che degli alieni abbiano fatto irruzione nella scuola, Nick!».

Nick, incredulo, rispose al professore:

Nick: «Alieni? Come sarebbe a dire?».

Professore: «Non c'è tempo per le domande, scappa!».

E così Nick fece, prese Billy sulle spalle ferito, tornò in classe a recuperare il Medaglione Galattico e si incaminò verso l'uscita stando attento alla parete che stava crollando. Quando ormai era vicino all'uscita, una seconda esplosione scaraventò lui e il bullo contro la parete. Nick perse i sensi, e alcuni alieni misteriosi comparsi davanti ai ragazzi svenuti notarono che uno di loro possedeva il medaglione.

Soldato alieno: «Guarda, generale Kant, che cosa abbiamo trovato, alcuni terrestri, e uno di loro possiede il Medaglione Galattico».

Generale Kant: «Ottimo lavoro soldati, il nostro Signore sarà molto fiero quando glielo avremo consegnato».

Generale Peter: «Catturateli e portateli via, ma occhio a non farveli scappare».

La fuga

Nick nel frattempo non si era ancora ripreso dalla botta e stava dormendo, non sapeva ancora niente della cattura, fino a quando nel sonno comparve di nuovo il saggio, che lo avvertì e gli disse:

Saggio di Giove: «Nick, ti devi assolutamente svegliare, i soldati di Malicious ti hanno portato via il Medaglione Galattico, che adesso si trova sotto stretta sorveglianza in una sala; devi assolutamente andarlo a recuperare e venire da me su Giove».

Il ragazzo si risvegliò all'interno di una base spaziale dove era tenuto prigioniero. Nick era ancora intontito dall'esplosione e, mettendosi una mano sulla testa, si chiedeva dove fosse capitato.

Nick: «Dove mi trovo? Che male alla testa! Quanta confusione, non mi ricordo più niente. Dove sono sono finito? Cosa sono queste sbarre? Fatemi uscire!».

Nick, in preda dal panico, continuava a scuotere la cella e si rivolse a una guardia di passaggio. La guardia, con tono arrogante, gli rispose:

Guardia: «Che vuoi, pidocchio? L'hai finita di fare chiasso?! Qui ti trovi all'interno della base militare sul satellite di Marte».

Durante il dialogo, Nick notò subito che la guardia portava una divisa con il distintivo come quello che aveva visto nel sogno. Nick, sospettoso, chiese alla guardia se lavorasse per Malicious, e la guardia rispose al ragazzo con orgoglio:

Guardia: «Esatto, pidocchio! E una volta che il grande Malicious avrà ottenuto tutti i frammenti il Medaglione Galattico otterrà una forza tale da far inginocchiare l'intero sistema solare».

Nick, preoccupato, voleva sapere che fine avessero fatto i suoi amici, e la guardia gli rispose in modo provocatorio prima di andarsene sghignazzando:

Guardia: «I tuoi amici? Ah ah ah! Come vedi non sono qua… qua c'è gente di un altro pianeta, che come te è tenuta prigioniera, come richiesto da Malicious. Vuoi salvarli? Perché non provi a evadere, sempre che tu ci riesca! Ah ah ah!».

Nick rimase sui suoi pensieri considerando tra sé e sé di dovere assolutamente recuperare il medaglione e trovare e portare in salvo i suoi amici, genitori compresi. All'improvviso sentì un rumore di fianco la sua cella, si avvicinò e vide il bullo che si lamentava e che con ferocia verso le guardie diceva:

Billy: «Brutti bastardi! Non appena sarò riuscito a uscire di qua ve le do di santa ragione!».

Nick: «Billy? Sei proprio tu?».

Billy: «Sì, sfigato, sono io, chi altrimenti?!».

Billy: «Guarda cosa mi hai fatto… per colpa tua».

Nick: «Già, ho visto, mi avevi provocato, cosa ci volevi fare, è colpa tua».

Billy: «No, è colpa tua! Prima eri sulla sedia a rotelle, poi il giorno dopo compari all'improvviso a scuola guarito, e non solo! Mi hai dimostrato di conoscere le arti marziali! Io non ci capisco niente!».

Nick: «Ti ho messo confusione, eh…».

Billy: «Sì!».

Al bullo il dolore causato dal colpo ricevuto al ginocchio da Nick a scuola si faceva ancora sentire.

Billy: «Ahi Ahi, la gamba…».

Nick: «Dai, su, cosa vuoi che sia, è solo una gamba fratturata, in fondo…».

Billy: «È solo una gamba fratturata? Non riesco più a stare in piedi!».

Nick: «Hai visto come ci si sente essere disabili, babbeo…», rispose a bassa voce.

Billy: «Come hai detto?».

Nick: «Niente niente, stavo pensando a come uscire di qua e subito!».

Anche gli altri prigionieri vicini sentirono il loro dialogo, e un alieno prigioniero sembrava che volesse intromettersi nei loro discorsi perché aveva un piano per evadere, così rivolgendosi ai ragazzi disse:

Alieno nella cella a fianco: «Scusatemi un attimo, voi due, ho sentito che avete l'intenzione di evadere di qua, ebbene, io vi potrei dare una mano».

Nick: «OK, avanti, ti ascoltiamo».

Alieno nella cella a fianco: «Io sono capace di far guarire il tuo amico».

Billy: «OK, dai Nick, hai sentito cos'ha detto? Usciamo di qua!».

Nick: «Va bene, tranquillo, fammi pensare».

L'alieno era disposto a dare una mano, e quando Nick finì di pensare gli chiese:

Nick: «Hai visto quale chiave usano per aprire e chiudere le celle?».

Alieno nella cella a fianco: «Sì, certamente! Loro usano un sistema di riconoscimento digitale».

Nick aveva già capito come funzionava, aveva già un piano in mente e lo espose.

Nick: «Ecco il piano… Allora, attireremo l'attenzione, stordiremo la guardia e infine, con la sua impronta digitale, apriremo le celle, dopodiché troveremo l'uscita della base».

Billy non stava più nella pelle, non vedeva l'ora di uscire dalla cella e tornarsene a casa. Trascorse un po' di tempo, e finalmente una guardia si avvicinò. Nick cominciò a distrarla, offese la guardia a più non posso, fino a farle perdere del tutto la pazienza, iniziando col dire che era un buono a nulla, e che perfino Malicious la pensava così. Billy non sapeva cosa fare, e allora Nick lo incitò a fare la stessa cosa che faceva lui, così anche il bullo iniziò a improvvisare offendendo gratuitamente la guardia. Raggiunto il limite della sopportazione, la guardia infine si avvicinò e Nick, non appena se la trovò davanti, rapidamente e con violenza le afferrò le braccia, e BAAAAM, la sbattè contro la cella facendole perdere i sensi. Immediatamente Nick prese la mano della guardia e la appoggiò sul pad, in modo da aprire la cella.

Nick: «Libertà!», esclamò.

Una volta liberato il bullo, Nick scarcerò anche gli altri prigionieri.

L'alieno ringraziò Nick per avere liberato tutti, mentre il bullo insisteva per la sua guarigione, ma prima che l'alieno iniziasse Nick lo fermò dicendo:

Nick: «Aspetta, prima di farlo, voglio che lui si scusi con me».

Billy: «Ma devo proprio…».

Nick: «Sì, è il minimo per avermi preso in giro per tutto questo tempo».

Nick: «Inoltre, devi dire che sei una persona idiota, un imbecille con la testa piccola, e anche che sei un ignorante e uno scarso, e che hai per forza bisogno degli altri per farti valere».

Billy: «OK OK, mi dispiace per averti preso in giro, sono una persona ignorante, un idiota, bla bla e bla bla».

Nick: «OK, può bastare. Alieno, ora lo puoi guarire».

L'alieno cominciò il processo di guarigione appoggiando le mani sulla frattura, e qualche minuto dopo il bullo era come nuovo, ora poteva alzarsi in piedi, saltellare e camminare senza alcun problema.

Billy: «Oooooh! Ora mi sento di nuovo in forma, grazie, strano alieno», disse entusiasta.

Nick: «Proseguiamo, non facciamoci beccare, altrimenti ci rispediscono dentro».

Nick, Bullo e gli altri decisero di incamminarsi. Il corridoio era lungo ed estremamente sorvegliato dai soldati che pattugliavano la zona; Nick voleva essere prudente e non fare alcuna mossa azzardata, ma al contrario Bullo sembrava molto eccitato all'idea di voler correre allo sbaraglio.

Nick: «Guarda là…».

Alieno: «Il corridoio è sorvegliato…».

Alieni: «Sottoooooo!».

Nick: «No, FERMI!».

Billy: «Sottooo!».

Nick: «No anche tu, Bullo! Come non detto, qua non mi ascolta mai nessuno…».

Guardie: «Ma cosa sta… Aaahhh!».

Billy: «Eccoli sistemati».

Nick rimase in silenzio dall'imbarazzo. I soldati vennero sistemati in qualche modo dai prigionieri e da Bullo e tutti proseguirono diritto, ma a un tratto si imbatterono in un bivio, e i ragazzi dovettero prendere una decisione, Nick sapeva che il suo compito non era ancora finito.

Billy: «Qua la strada si divide…».

Nick: «Qui vi devo lasciare, devo assolutamente recuperare un oggetto che mi appartiene».

Billy: «OK».

Nick: «Tu, Bullo, fuggi da qua, trova una via d'uscita e sali con i prigionieri sulla prima astronave che trovi, prima che i soldati vi catturino».

Billy: «Grazie Nick… sai, ti avevo sottovalutato… sei una persona in gamba… sei forte… ma una cosa, se ti fai beccare giuro… la prossima volta che ti vedo te le darò di santa ragione».

Nick: «D'accordo, perché non succederà».

Billy: «Non fare lo spaccone, ora».

Nick: «Abbi cura di te».

Billy: «Anche tu».

Nick: «Ora andate, presto! Ci rivedremo».

Nick: «Astronaveeeeeeeee… non vedo l'ora di manovrarne una… Nick, concentrati! Hai una missione da svolgere!», disse tra sé e sé non stando più nella pelle.

La strada si divise tra Nick e Billy. Ora Nick poteva contare solo su sé stesso, e il suo pensiero principale era quello di recuperare il Medaglione Galattico. Doveva utilizzare molta cautela per non farsi scoprire dai soldati di Malicious, se voleva riprenderlo. Nick proseguì nella ricerca del Medaglione Galattico, fino a quando giunse nel luogo dove era custodito e sorvegliato dai soldati. Nick si nascose dietro la parete e osservò l'altare: l'oggetto era ben protetto da un involucro, simile a quello nei musei. Il ragazzo pensò a un modo per sbarazzarsi dei soldati e recuperare il Medaglione Galattico, e a un certo punto gli venne un'idea. Prese un oggetto che teneva con sé in tasca e lo scagliò dall'altra parte della sala colpendo accidentalmente un soldato, e quello accanto a lui si insospettì e si avvicinò a Nick. Nick comparve dietro al soldato, lo prese al collo da dietro, lo addormentò e lo accantonò in un angolo.

Nello stesso momento, il generale Kant passava davanti alle celle e scoprì che c'era qualcosa di strano: le celle erano state aperte e i prigionieri erano fuggiti. Si voltò, e guardando in basso vide una guardia stesa a terra, allora il generale la alzò, le fece riprendere conoscenza a suon di sberle e le disse:

Generale Kant: «Dannazione! Per quale motivo le celle sono aperte!? Chi diavolo è stato?! Cara guardia, ti è stato dato un solo compito, quello di sorvegliare le celle! Ora mi dici cosa diavolo è successo?».

Guardia: «Loro, dei terrestri… mi hanno provocato, io mi sono avvicinato… e quello con i capelli biondi mi ha sbattuto contro la cella e…».

Generale Kant: «Mmm, quello che possedeva il Medaglione Galattico. Bene bene, e poi? Dai, racconta».

Guardia: «Poi ho perso conoscenza».

Il generale Kant diede una seconda opportunità alla sua guardia, le ordinò di attivare l'allarme e di far circondare la sala dove era costudito il medaglione, assicurandosi che il ragazzo non uscisse da lì. Il generale, dopo avere visto i soldati messi

K.O., le celle aperte e la sua guardia messa fuori uso, non era proprio dell'umore giusto.

Nick sentì il suono dell'allarme, ormai era stato scoperto e non aveva altra scelta che quella di rischiare il tutto per tutto. Con uno scatto si tuffò prendendo il Medaglione Galattico sulla piattaforma, mentre i soldati e le guardie si gettavano su di lui non lasciandogli il tempo di reagire,

Soldati: «Non riuscirai a prenderlo!», esclamarono agguerriti.

Ormai per Nick non sembravano esserci speranze, i soldati accorsi in massa lo bloccarono impedendogli di muoversi, ma un bagliore di luce e una enorme energia si sprigionarono all'improvviso in Nick, i soldati non sapevano da dove arrivasse tutta quella luce e quell'energia, una forza tale da sbaragliare una ventina di soldati, che vennero fatti volare via. La luce svanì e l'energia pure, e una volta uscito Nick esclamò: «Finalmente si respira!».

Nick si guardò intorno, e notò come il medaglione, una volta indossato, lo avesse trasformato, e impressionato disse:

Nick: «Niente male, questo vestito!».

In realtà non si trattava di un vestito, Nick aveva subito una trasformazione completa del suo corpo. Adesso era completamente blu, e conteneva un insieme di stelle che ruotavano e scintillavano come dei brillantini per le decorazioni, che formavano la galassia Via Lattea. Lungo i suoi arti c'erano delle strisce luminose che ricoprivano le braccia e le gambe, e gli occhi erano diventati luminescenti. Il ragazzo vide i soldati a terra davanti a lui, ma il tempo stringeva e doveva scappare.

Nick: «Scusatemi, ora tolgo il disturbo».

Cercò di essere il più veloce possibile nel trovare una via d'uscita. Una volta fuori dalla base raggiunse la prima astronave davanti ai suoi occhi.

Nick: «Eccone una, finalmente!», esclamò gioioso.

I soldati, però, gli stavano alle calcagna:

Soldati: «Non ci sfuggirai un'altra volta!».

Nick, trasformato, aprì lo sportello, e una volta entrato nell'astronave azionò velocemente i comandi schiacciandoli a caso, e una volta avviati i motori si sollevò lentamente in aria e fuggì dalla base.

Nel frattempo, nella stazione spaziale madre sul pianeta Sedna, Malicious riceveva nella sede centrale alcuni dei suoi soldati. Mortificati e intimoriti allo stesso tempo, portavano informazioni al loro Signore in merito a ciò che era successo sul satellite di Marte.

Soldati: «È successo un gran disastro, nostro Signore».

Malicious: «Ditemi di che si tratta».

Soldato: «Il Meddddd… aglione Gggggalattico…», disse balbettando come una videocasseta inceppata.

Malicious: «Sì, il Medaglione Galattico… continua».

Soldato: «Il Medaglione Galattico è stato rubato…».

Malicious: «Cosaaaaa!? E come diavolo è stato possibile?! Branco di incapaci!».

Soldato: «I prigionieri della base militare sul satellite di Marte… sono evasi! Sono scappati! Noi soldati avevamo preso in trappola uno di loro, ma era troppo tardi, è riuscito a indossare il medaglione e non c'è stato niente da fare».

Malicious: «Quindi c'è qualcuno che vuole intralciare i miei piani… dove si sta dirigendo questo stupido terrestre?».

Soldato: «Si sta dirigendo verso Giove».

Malicious: «Giove, eeeeh… Voi continuate a fare il vostro lavoro, avete ancora della gente da sottomettere e frammenti da cercare, mentre io andrò a fare visita al mio caro paparino», e mentre parlava strinse in pugno il suo frammento galattico dal color nero pece.

Malicious si innervosì molto quando venne a sapere della notizia arrivata dai suoi soldati, e soprattutto non sopportava l'idea che qualcuno tentasse di intralciare i suoi piani.

Malicious era una persona dagli oscuri ricordi, che aveva preferito mettere al primo posto il potere e l'orgoglio, anziché la gente che gli voleva bene. Era arrogante e presuntuoso, senza pietà verso gli altri. Indossava sempre un mantello, nero all'esterno e rosso all'interno, un'armatura simile a quella dei cavalieri del Medioevo, ma più esile e leggera. Gli stivali e i bracciali erano di colore grigio, e sul petto portava lo stemma del suo esercito: un cerchio rosso con in mezzo la figura di una creatura simile a una fenice, dalle sfumature rosse e viola.

Il pianeta in continua tempesta

Nick si trovava nello spazio e si diresse verso Giove per incontrare il saggio. Il ragazzo era euforico al massimo nel pilotare una vera astronave.

Nick: «Com'è comoda, aaahhh, si sta proprio bene su questa astronave, finalmente il mio sogno si è avverato!».

Il relax purtroppo durò per poco, cinque aerei spaziali da caccia lo inseguivano cominciando a sparare, e Nick era scocciato perché voleva starsene in pace con il "suo" veicolo velivolo.

Nick: «Oh! Cosa succede, noo, ancora loro, ma quanto siete noiosi! Ai posti di combattimento! Fuoco!».

Nick si trovò subito a suo agio con un'astronave e, riuscendo a fare alcune manovre evasive, sparò abbattendo a uno a uno i caccia spaziali, ma quando raggiunse Giove, a causa del danno causato dall'ultimo caccia, precipitò non appena sfiorò l'atmosfera insidiosa. L'astronave cadde nel ciclone tropicale del pianeta, danneggiando ancora di più il veicolo spaziale, fino a schiantarsi tra le piante. Nick sbarcò sul pianeta gassoso più grande del sistema solare dopo avere preso un bel colpo, e si rialzò tossendo. Aprì il portellone, e appena scese inciampò cadendo a terra. Quando alzò lo sguardo vide un paesaggio ricoperto da alberi, piante e animali tropicali dalle strane sembianze. Nick, preoccupato per la via da seguire, decise comunque di proseguire il cammino.

Nick: «Dannazione, iniziamo bene... E questa cos'è? Me lo aspettavo diverso Giove, qui sembra di essere nella foresta amazzonica! Guarda che groviglio di piante... A pensarci bene non ho ancora dato un nome al mio personaggio trasformato... mmm, vediamo... in poche parole combatto in giro nello spazio».

Il ragazzo riflettè molto nel dare un nome alla sua nuova persona.

Nick: «Ah! "Stella Marina"!… No, pessima… "Super Nova"!… No, nemmeno questo…».

Provò con qualsiasi nome, perfino con "Capitan Cipolla" o "Capra Nebula", quando a un certo punto sentì uno strano rumore. Guardando in basso vide che alcune piante comparivano dal basso aggrovigliandogli le gambe, e disse con tono annoiato:

Nick: «Accidenti, cosa sono queste maledette piante?! Lasciatemi stare, non vedete che sto pensando?».

Nick non sembrava preoccuparsi molto delle piante, in quel momento era impegnato a riflettere nel mondo delle nuvole, quando ormai le piante lo avvolsero del tutto. Nick riuscì in tempo a trovare il suo nome adatto, ed esclamandolo a voce alta disse:

Nick: «Ci sono: Galacticstrike!».

Contemporaneamente, sprigionò una vampata di energia, facendo spezzare le piante invadenti e liberandosene, ma le piante sembravano non voler mollare e ricomparvero di nuovo. Nick, che da questo momento si volle far chiamare Galactictrike, corse come un pazzo inseguito ancora dalle piante.

Nick: «Dannazione!», esclamò.

Inciampò ancora una volta per terra, alzò lo sguardo e vide un signore anziano dalla bassa statura, vestito di azzurro, che portava una barba lunga e folta e teneva con sé un bastone. Fluttuandolo nell'aria, con i suoi poteri il vecchio fece indietreggiare le piante, poi rivolgendo la parola a Galacticstrike disse:

Saggio Ghallyan: «Alla buon'ora, ragazzo! Ti stavo aspettando, Nick, e così ti sei soprannominato "Galacticstrike"». Galacticstrike: «Tu sei il saggio che mi disturbava nel sogno… MI DEVI UN'ASPIRINA!».

Saggio Ghallyan: «Ah ah ah! Già, ti devo le mie scuse. Come vedi, questo è un pianeta in continua tempesta, qui piove ogni giorno. Ha delle vastissime foreste, le piante sono insidiose, sono subito pronte a prendere qualunque preda, e gli animali... ah, non toccarli, sono esseri letali».

Galacticstrike: «Ah, meno male...», disse ironicamente.

Il saggio, dopo essersi presentato al ragazzo, gli mostrò il suo mondo mentre si incamminavano verso il palazzo, e attraversando il paese gli spiegò il motivo per cui le tempeste non colpivano il suo villaggio e nemmeno quelli vicini. Il saggio fece vedere al ragazzo, pregandolo di alzare lo sguardo verso il cielo, un'enorme cupola contenente il villaggio, la cui funzione era quella di filtrare la pioggia e di schermare le tempeste, in modo da deviarle. La luce veniva fatta riflettere dai tuoni, in assenza di raggi solari a causa delle nubi che coprono il cielo.

Arrivati al palazzo, il saggio diede un caloroso benvenuto a Galacticstrike nella sua umile dimora.

Galacticstrike aveva in mente un mucchio di domande da fare al saggio, fremeva per avere delle risposte, perché era capitato a lui, che cosa lo aveva convinto a scegliere proprio lui per affrontare questo tipo di missione, ma a Galacticstrike importava soprattutto una cosa, portare a casa la propria gente.

Saggio Ghallyan: «Benvenuto nel mio regno, giovane eroe. Qui la mia gente cerca di andare avanti giorno dopo giorno togliendosi dal pensiero quanto è accaduto quel giorno buio».

Galacticstrike: «Perché? Che cosa è successo alla tua gente?».

Il saggio sospirando rispose:

Saggio Ghallyan: «Io e i miei fratelli abbiamo fatto di tutto per proteggere il nostro paese. La nostra gente non chiuse occhio in quel dannato giorno di tanto tempo fa, tutto ciò che ti mostrai in sogno fu quello che accadde».

Il saggio fece cenno a Galacticstrike di entrare nel palazzo, e iniziò a spiegargli con tranquillità tutto ciò che era accaduto in quel giorno buio.

Saggio Ghallyan: «Ora ti racconto... un essere malvagio si impadronì dell'oggetto e sparse il caos in tutto il sistema solare, per fermarlo noi saggi abbiamo dovuto unire le nostre forze, e durante lo scontro riuscimmo a frantumare l'oggetto in otto parti, indebolendo l'essere malvagio e bandendolo dal sistema solare. Le parti vennero spedite sui pianeti… tre di queste parti sono tenute in custodia da noi saggi e una la possiedi tu, te l'ho data nel sogno perché te ne prendessi cura».

Galacticstrike: «Dici che è questo bel gioiello che mi ha permesso di camminare?».

ISaggio Ghallyan: «Ehm… sì, esatto…».

Galacticstrike: «Beh, ora dove si trova esattamente questo essere malvagio?».

Saggio Ghallyan: «Penso che ora si trovi sul pianeta Sedna e ho paura che in questo momento stia cercano anche lui i frammenti, per riportare l'oggetto in vita. Tu, Galacticstrike, devi assolutamente trovare tutti gli altri frammenti prima che cadano in mano di Malicious, altrimenti saranno guai per tutti noi!!!».

Galacticstrike: «Perché proprio io, perché avete scelto me?».

Saggio Ghallyan: «Perché tu sei l'unico che può recuperare tutti i frammenti per riportare l'equilibrio nel sistema solare. Tu vuoi riportare a casa la tua gente, non è vero?».

Galacticstrike: «Sì, certo che lo voglio!».

Saggio Ghallyan: «Consideralo un valido motivo per contrastare l'essere malvagio».

Galacticstrike: «Hai provato a comunicare con lui ora che si trova su Sedna?».

Saggio Ghallyan: «No, è stato troppo difficile per me comunicare con lui, i sogni che faceva erano oscuri e spenti», e tra sé e sé disse:

Saggio Ghallyan: «Come hai fatto a cambiare così d'un tratto, Malicious…».

Galacticstrike: «Ehi, saggio! Come farò a trovare tutte le parti del medaglione?».

Saggio Ghallyan: «Guarda attentamente: come vedi il tuo Medaglione Galattico si sta illuminando, questo significa che i pezzi sono collegati tra loro, proprio come un tempo erano una cosa sola. Vieni con me, ti mostro l'altare dove veniva custodito il famoso oggetto».

Galacticstrike si guardò intorno stupefatto dalla maestosità dell'altare, ma non era tutto.

Galacticstrike: «Bello grande questo altare».

Saggio Ghallyan: «Sì, dai, non mi lamento, ma perché non guardi in alto?».

Non appena Galacticstrike alzò lo sguardo esclamò:

Galacticstrike: «Wow!».

Sul soffitto vide l'intero sistema solare, il Sole, Marte, Venere, Mercurio, Nettuno, Urano, Saturno, la Terra, Plutone, Sedna e perfino le costellazioni, con diverse sfumature di vario colore.

Saggio Ghallyan: «Qui puoi vedere ogni angolo del sistema solare, noi saggi teniamo sott'occhio ogni cosa».

Galacticstrike: «Guardaaaaa… la costellazione dell'Orsa Maggiore, il Carro Minore e le costellazioni».

Saggio Ghallyan: «Te la cavi bene per essere un ragazzino».

Galacticstrike: «A scuola sono il primo della classe», disse modesto.Galacticstrike uscì dalla sala dell'altare e si recò in giardino per fare due passi, quando a un tratto vide una splendida fanciulla entrare dal lato opposto del giardino. Improvvisamente il tempo per lui sembrava essersi fermato, pareva quasi che ormai il mondo non esistesse più. La fanciulla, intanto, camminava piano con dei petali di ciliegio che fluttuavano intorno a lei nell'aria: indossava un vestito lungo con sfumature giallo e verde chiaro, e i suoi capelli erano lunghi, azzurri e mossi.

Galacticstrike: «Chi è quell'angelo, e da dove viene?», chiese incantato.

Il saggio comparve dietro di lui facendo prendere un piccolo spavento a Galacticstrike.

Saggio Ghallyan: «Quell'angelo è mia figlia, perché non le vai a parlare?».

Galacticstrike: «OK, ma siamo sicuri che sia socievole?».

Saggio Ghallyan: «Ma ceeeertooo».

Galacticstrike avanzò verso di lei, e sfacciato provò a presentarsi, ma quando la fanciulla si accorse di lui iniziò a correre intorno alla fontana; infine si fermò.

Galacticstrike: «Ehi, aspetta, dimmi almeno come ti chiami».

La fanciulla si girò, si avvicinò al ragazzo, lo spinse nell'acqua - "splash!" - ed esclamò:

Jasmine: «Io non parlo con gli stranieri, e tanto meno con gli "eroi"».

Ghallyan non la smetteva più di ridere e Galacticstrike non trovò la cosa affatto divertente.

Saggio Ghallyan: «Mia figlia te l'ha fatta! Ah ah ah!».

Galacticstrike: «Che ho fatto per meritarmi questo?!».

Il saggio gli diede da asciugarsi, e spiegò al ragazzo il motivo per cui sua figlia si comportata così con lui.

Saggio Ghallyan: «Le donne si fanno sempre desiderare, mi scuso a nome di mia figlia; ultimamente non esce con i ragazzi, è diventata un po' diffidente dopo l'ultima volta che è uscita con qualcuno…».

Galacticstrike: «Capisco benissimo cosa prova, ma io riuscirò a conquistarla, puoi starne certo!», disse pensoso.

Saggio Ghallyan: «Certo che ci riuscirai, ma serve tempo, tanto tempo e pazienza».

Galacticstrike: «Grazie… ehi, ma cosa… mi leggi nel pensiero?!».

Saggio Ghallyan: «Oh, chiedo scusa».

Più tardi, mentre Galacticstrike stava passeggiando in paese sentì una voce che lo chiamava:

Jasmine: «Ehi, aspetta! Galacticstrike!».

Galacticstrike: «Ma chi si rivede, la figlia scorbutica del saggio!».

Jasmine: «Sìì, scusami per prima se ti ho spinto dentro la fontana, ma non era giornata…», disse dispiaciuta la ragazza.

Galacticstrike: «Ah ah ah, si è visto!».

Jasmine: «Come sarebbe a dire?!».

Galacticstrike: «OK OK, scherzavo…», ed entrambi si misero a ridere.

Jasmine: «Io mi chiamo Jasmine».

Galacticstrike: «Io sono…».

Jasmine: «Sì, lo so, tu sei Galacticstrike, ma in realtà ti chiami Nick, e mio padre ti ha dato il Medaglione Galattico per proteggere il nostro sistema solare, bla bla bla…».

Galacticstrike: «Mmm… a volte tuo padre non lo sopporto…».

Jasmine sorrise.

Galacticstrike: «Ti va se andiamo a prendere qualcosa insieme?».

Jasmine: «Sì, molto volentieri. Guarda, andiamo lì, ci lavora un mio amico».

Intanto Malicious, insieme alle sue truppe, era atterrato sul luogo dove era sceso anche Galacticstrike, e aveva visto l'astronave del ragazzo in cattive condizioni, impigliata tra le piante. Al suo sbarco, Malicious aveva ordinato ai suoi soldati di setacciare la zona alla ricerca di Galacticstrike, mentre lui aveva voluto dirigersi verso il paese per fare visita al padre, il saggio.

I ragazzi entrarono nel locale, e la fanciulla subito salutò allegramente il suo buon amico che stava lavorando dietro al banco pulendo dei bicchieri.

Amico di Jasmine: «Ciao Jasmine, vedo che sei in compagnia».

Jasmine: «Sì, lui è Galacticstrike».

Amico di Jasmine: «Ah già, il super eroe tanto atteso, vedo che possiedi il Medaglione Galattico». Galacticstrike: «Piacere tutto mio», poi, parlando sottovoce a fanciulla:

Galacticstrike: «Un altro spifferone».

Jasmine: «E dai, è simpatico!».

Galacticstrike non sembrava gradire molto l'amico. Entrambi ordinarono da bere, una bevanda tipica del posto, presero la bevanda e, salutato l'amico dietro al banco, si misero a sedere.

L'amico di Jasmine, che era il proprietario del locale, si mostrava sempre cordiale con i suoi clienti. Era un tipo alto, rotondetto, e portava sempre un grembiule da lavoro.

I ragazzi, una volta seduti, cominciarono a parlare raccontando dei propri interessi, e sembravano essere in ottima sintonia l'uno con l'altro.

Jasmine: «Mi ha detto mio padre che sei un terrestre».

Galacticstrike: «Sì, esatto».

Jasmine: «Ti mancano tanto i terrestri, non è vero…?».

Galacticstrike: «Sì, molto, mi mancano i miei migliori amici, i miei genitori, il mio mondo…», disse con tono addolorato.

Jasmine: «Ti capisco, la maggior parte della gente mi vede come "la giovane figlia del saggio", mentre io vorrei che tutti mi guardassero come una "normale"».

Galacticstrike: «Per me sei normale, e dovresti essere fiera di essere la figlia del saggio di Giove».

All'improvviso, alla fanciulla si illuminò il viso e i suoi occhi brillarono.

Jasmine: «Ehi, vieni, ti faccio vedere una cosa… tieni il resto!».

Amico di Jasmine: «Grazie! Ci vediamo!».

Galacticstrike: «Aspetta!».

I due ragazzi uscirono dal locale e si diressero verso il bosco.

Galacticstrike: «Allora non tutti gli animali e le piante di questo posto sono pericolosi».

Jasmine: «Sì, infatti, loro sono cattivi solo per legittima difesa e solo con gente sconosciuta».

Galacticstrike accarezzò una creatura del bosco.

Jasmine: «Sediamoci… ora ascolta attentamente la natura e senti com'è in sintonia con il tuo corpo».

Osservarono le meraviglie del bosco, il movimento degli alberi dalle strane forme accarezzati dal fruscio del vento, un vento che lasciava una scia melodica allegra simile alle note di Vivaldi. In questo bosco abitavano creature assai carine, alcune con il pelo folto simile a fili d'erba, altre con il pelo liscio come le foglie di lattuga. Il loro corpo sembrava fatto di fibra vegetale, e le creature volanti, come gli uccelli, avevano le ali ricoperte da petali di tutti i colori che facevano sì che al loro passaggio lasciassero una scia colorata e profumata da un'aroma di fiori di pesco. Galacticstrike e la fanciulla, dopo avere osservato il bosco incantato, videro passare davanti a loro una creatura simile a una farfalla, le cui ali assomigliavano a petali di rosa, poi passò una seconda farfalla, ma questa invece aveva le ali di petali azzurri con l'aroma di menta. Le farfalle svolazzavano offrendo uno stupendo spettacolo agli occhi dei ragazzi. Il bosco sembrava essere diventato la sala di un concerto di musica classica, sotto le allegre note di Vivaldi ciascuna creatura, comprese le piante, si muoveva come se stesse danzando intorno ai ragazzi, e allo stesso tempo ogni creatura rilasciava un profumo, dando vita a una combinazione di aromi che mettevano a proprio agio Jasmine e Galacticstrike creando l'atmosfera giusta.

I due rimasero in silenzio ascoltando l'ambiente circostante, il fruscio degli alberi, il suono degli animali, e una volta entrati in sintonia con la natura entrambi sentirono il respiro e il battito del cuore dell'altro, si avvicinarono piano piano tenendo fissi gli sguardi l'uno sull'altro. Tra loro c'era una forza che li attirava, si accarrezzarono il viso avvicinndosi sempre di più, ma nel momento in cui le loro labbra si stavano quasi sfiorando sentirono delle urla provenire dal palazzo.

Saggio Ghallyan: «AAAHHH!».

I due ragazzi fretta corsero veloci verso il palazzo.

Jasmine: «Padre!».

Galacticstrike: «Saggio!».

Malicious: «Ehi, guarda un po' chi c'è, il ragazzo col Medaglione Galattico e la dolce sorellina del mio...».

Galacticstrike: «Lascialo andare subito, o...».

Malicious: «O cosa...? Prima mi consegni il Medaglione Galattico, o il buon vecchio farà una brutta fine».

Galacticstriche: «Mai! ».

Il saggio Ghallyan: «Galacticstrike, non ascoltarlo!».

Malicious: «Anche io possiedo un frammento del medaglione, il destino ha voluto che lo possedessi; hai fatto bene, caro vecchio, ad avermi esiliato su Sedna».

Al saggio, benché malconcio, alla sola vista dell'essere malvagio venne un impeto di ira incontrollabile e si scagliò con un pugno sferrato a tutta forza diretto contro Malicious. Malicious gli andò incontro con altrettanta forza e le due potenze si scontrano generando una forza tale da scaraventare uno da una parte e uno dall'altra. Anche Malicious possedeva un frammento galattico del medaglione... l'oscurità...

Malicious: «Non è finita qua! Presto vi farò tutti schiavi del mio impero, non appena mi sarò impossessato di tutti e otto i frammenti... compreso il tuo!!», disse presuntuoso a Galacticstrike.

Galacticstrike: «Sì sì, aspetta e spera... nel frattempo mi prenderò un "caffè"».

Malicious se ne andò dando ordine alle sue truppe di fare razzia nel paese.

Malicious: «Questo è solo un antipasto, forza uomini! Procedete! Li voglio tutti schiavi! Ora ragazzo tolgo il disturbo... paparino... sorellina...».

Il saggio Ghallyan era stremato e a stento riuscì a dire:

Il saggio Ghallyan: «Scappate da qua! Ormai il mio regno non è più al sicuro!».

Galacticstrike: «OK! Ma tu che farai?».

Il saggio Ghallyan: «Non pensate a me, correte... ormai sono troppo vecchio per agire».

Galacticstrike e Jasmine uscirono furtivamente dal palazzo senza farsi vedere dai soldati e si diressero verso l'astronave. I soldati di Malicious, ormai, avevano occupato il pianeta.

Trovata l'astronave, purtroppo dovettero constatare che era danneggiata a causa dell'impatto sul pianeta. Fortunatamente, nei pressi trovarono un altro veicolo spaziale appartenente ai soldati di Malicious, ma i soldati li avevano già avvistati.

Galacticstrike: «Entriamo, presto, prima che ci catturino!», disse affannato.

In fretta e furia Galacticstrike provò ad accendere i comandi, ma non riusciva a decollare.

Galacticstrike: «Cavolo! Perché non parti?!».

A quel punto intervenne Jasmine, che, con tutta calma, premette un comando e all'improvviso l'astronave parti. Galacticstrike, impressionato, rimase senza parole dalla sua capacità.

Jasmine: «Beh, perché quella faccia? In fondo sono la figlia del saggio di Giove, no?», disse con aria modesta.

Galacticstrike: «Sì, oltre essere carina sei pure sorprendente».

Jasmine: «Grazie! Ma non è tutto, osserva…».

Giunti vicino a un ciclone, Jasmine creò una barriera intorno all'astronave per proteggerla, e, dopo varie turbolenze, riuscirono infine a lasciare il pianeta.

Alcune astronavi nemiche vennero colpite dalla tempesta, ma altre riuscirono a sfuggire. Galacticstrike si accorse dei soldati che li stavano di nuovo alle calcagna e disse:

Galacticstrike: «Vedo che i nostri amichetti non vogliono mollare… Guardate come vi faccio mangiare la polvere, presto! Jasmine, attiva i razzi propulsori!».

Jasmine: «Agli ordini, capitano!».

Attivò i meccanismi e l'astronave partì alla velocità della luce!

Galacticstrike: «Cosa dicevo: babbei, mangiate la nostra polvere!».

Proseguirono il viaggio, e dopo un lungo volo entrambi videro il pianeta più vicino al sistema solare:

Galacticstrike e Jasmine: «Mercurio!».

Un popolo unito dalla speranza

Galacticstrike e Jasmine atterrarono su Mercurio, entrambi accaldati, e si misero immediatamente alla ricerca di qualcosa per rinfrescarsi; il sole su Mercurio era decisamente più grande, e Galacticstrike se ne accorse subito.

Galacticstrike: «Che caldo che fa su questo pianeta, mi ci vorrebbe un ventilatore portatile…».

Jasmine: «Buttatemi addosso una secchiata d'acqua gelida, e subito!».

Galacticstrike: «Jasmine, guarda! Il sole è enorme su questo pianeta, e pensare che sulla terra sembra grande come una pallina. A propostito fanciulla, quanto manca per arrivare al villaggio?».

Jasmine: «Non manca molto, un tempo qui conoscevo una signora, è un'amica di famiglia, ma è passato tanto tempo dall'ultima volta che l'ho vista… spero che mi riconosca».

Fecero ingresso in un piccolo villaggio, un po' meno avanzato tecnologicamente rispetto a quelli della terra e con un'ideologia tutta sua. Al loro passaggio in paese la gente si nascondeva, come se avesse paura di loro, e i due ragazzi si chiesero come mai. Non riuscendo a darsi una risposta la fanciulla provò a chiedere informazioni a un gentile signore, che gridò loro di andarsene via con voce tremolante e impaurita, e allora provarono a chiedere a una passante, una madre con il figlio, ma anche loro scapparono.

Galacticstrike: «Uhm… come mai la gente sta scappando da noi? Non gli abbiamo fatto nulla di male».

Jasmine: «Già, è proprio strano, aspetta che chiedo informazioni a quel signore. Gentile signore, mi sa dire dove si trova…».

Un paesano: «No! andate via!».

Jasmine: «Volevamo solo un'informazione, e basta! Ma cosa gli ha preso all'improvviso?».

Galacticstrike: «Aaahhh, questa gente si è già dimenticata di te!».

Jasmine: «Non è affato divertente!».

Galacticstrike: «Per me lo è!».

Jasmine mollò un pugno sulla spalla di Galacticstrike.

Galacticstrike: «Aio!».

Jasmine: «Così impari!».

Una donna, la più anziana del paese, li chiamò facendo cenno ai ragazzi di avvicinarsi a lei, e domandò loro con tono serio:

Signora: «Voi due! Chi state cercando?».

Jasmine: «Noi stavamo cercando proprio lei, Toka».

Toka: «E perché mi cercavate? Cosa volete, noi non abbiamo nulla. Se siete di Malicious, come fai a sapere il mio nome, ragazzina? Vi conviene andare via alla svelta!».

Jasmine: «Io sono la figlia del saggio Ghallyan, si ricorda di me?».

Galacticstrike: «Mi sa che anche questa è andata...», considerò pensoso.

Toka si avvicinò a Jasmine per vederla meglio.

Toka: «Sei proprio tu? Non ci credo... come sei diventata grande!».

Galacticstrike: «Mi sono sbagliato...», disse tra sé.

La signora si mise in ginocchio e si ricordò dei bei momenti passati, quando la fanciulla era una bambina e veniva a giocare su Mercurio. La signora era molto amica dei parenti della ragazza, ma era trascorso molto tempo e la signora era nostalgica.

Toka: «Mia cara Jasmine! Mi ricordo quando eri ancora una bambina e venivo su Giove, vedevo te che giocavi allegramente in quel meraviglioso giardino... tuo padre come sta?».

Jasmine: «Mio padre... Quel bastardo di Malicious se l'è portato via! Ora il suo regno è stato messo sottosopra dai seguaci di quell'essere malvagio; noi eravamo proprio lì e siamo dovuti scappare, perché ormai la zona era strettamente oppressa».

Jasmine scoppiò in lacrime di rabbia.

Toka: «Capisco, ne hai passate tante, mia cara… dai, vi do da bere, entrate».

Toka ospitò i ragazzi a casa sua, chiese loro com'era la situazione e ovviamente si accorse dell'oggetto addosso a Galacticstrike appartenente al saggio.

Toka: «Voi non siete abituati a questo clima, lo vedo dai vostri volti grondanti».

Jasmine: «Già, proprio così».

Toka: «E tu, giovane, chi saresti?».

Galacticstrike: «Io sono un terreste, mi chiamo Nick, però mi può chiamare Galacticstrike; nessuno deve sapere come mi chiamo».

Toka: «OK, va bene… Vedo che addosso porti una cosa che appartiene al saggio, e Malicious la vuole a qualsiasi costo… mi domando come mai non è riuscito a strapparti il medaglione…».

Galacticstrike: «Durante lo scontro tra me e Malicious sul pianeta Giove, all'interno del palazzo, durante l'impatto le forze si sono contrastate e ci hanno scaraventati entrambi facendoci cadere. Lo scontro è finito in pareggio. Anche lui possiede un frammento galattico».

Toka: «Meglio così, piuttosto di consegnargli i frammenti mi faccio gettare nella lava bollente».

Galacticstrike era molto incuriosito e teneva lo sguardo fisso sui tatuaggi di Toka.

Galacticstrike: «Prima, mentre stavamo camminando, ho notato che portate tutti un tatuaggio, che significato ha?».

Toka sorrise, e rispondendo volentieri a Galacticstrike disse:

Toka: «Sai, devi sapere che da noi ogni persona ne possiede uno, è un tatuaggio tribale che significa "fratellanza", il lavoro di squadra, l'unione che ci lega tutti quasi come una famiglia. Una persona non lavora per sé, lavora per la comunità, e quando qualcuno chiede a un altro un favore, ad esempio di sistemare la casa o di accudire i piccoli o altro, quest'ultimo glielo fa, e verrà ripagato altrettanto nel bisogno. Un tempo tutto il paese si riuniva per pranzare e cenare assieme proprio come una famiglia, ma ora non è più possibile».

Jasmine: «Che cosa è successo…?», chiese preoccupata.

Galacticstrike: «Spiegacelo…».

Toka: «All'improvviso arrivò qui un pazzo con i suoi soldati, sembrava un generale da come era vestito, e da quando si è stabilito qua ha iniziato a fare ciò che vuole con arroganza, trattando la mia gente come dei servi, senza alcun rispetto. Pensa che cosa strana… Ci chiese di produrre per lui del denaro, e noi non sapevamo nemmeno che cosa fosse… denaro?! Pensavo che volesse intendere dei sassi, o qualcosa da mangiare, e visto che aveva dei soldati con sé immaginavo che volesse costruire un posto dove stare. Denaro? Mah, chissà che cosa volesse farci, proprio non lo capivo. Con sé teneva dei prigionieri incatenati, ne ricordo uno in particolare, aveva una giacca addosso ed era completamente calvo, ed era in compagnia di altri esseri provenienti da un altro mondo».

Galacticstrike: «No! Billy!».
Toka: «Lo conosci?».

Galacticstrike: «Certo, è un mio amico! Era con me quando ci hanno catturati, poi, non appena siamo evasi dalle prigioni sul satellite di Marte, le nostre strade si son divise… Jasmine, dobbiamo andare a liberarlo subito!».

Jasmine: «Che hai in mente di fare?».

Galacticstrike dalla fretta rivolse di nuovo la parola alla signora:

Galacticstrike: «Questo generale dove si trova?».

Toka: «Il generale ha un accampamento a nord del paese, ha molte guardie che sorvegliano la zona, state attenti a non farvi vedere, sono in molti e verreste subito catturati…».

Galacticstrike: «Non ti preoccupare, noi due ce la caveremo, andremo là e libereremo i prigionieri.

Toka: «Buona fortuna!».

Galacticstrike si chiese per quale motivo non era riuscito a tornare a casa e perché ora si trovasse su Mercurio. Il ragazzo, come aveva detto alla signora, decise di andare verso l'accampamento del generale per liberare il suo amico, e dopo una lunga chiacchierata, insieme alla fanciulla presero le proprie cose, salutarono Toka e partirono.

Una volta arrivati all'accampamento i ragazzi videro i soldati armati fino ai denti che pattugliavano la zona. La fanciulla riuscì a identificare il generale: era seduto su una specie di trono ed era un tipo dal portamento alquanto altezzoso, proprio come lo aveva descritto Toka. Accanto a lui c'erano due schiave incatenate che continuavano a dargli da mangiare, una teneva un vassoio di cibo, e l'altra gli versava da bere.

Jasmine: «Guarda, è pieno di soldati, là ci sono i prigionieri e penso che quello seduto sul trono sia il generale».

Galacticstrike: «Lo vedo…».

A un tratto passarono vicino a loro due soldati che tenevano con sé Bullo in cattive condizioni, torturato dai soldati stessi.

Galacticstrike: «Jasmine, sta giù!».

Billy: «Lasciatemi stare», esclamò malconcio e incatenato.

Soldati: «No, non ti lasceremo andare, stavolta ci penserai due volte prima di scappare».

Billy cercò di liberarsi, ma venne tramortito.

Galacticstrike: «Tieni duro, veniamo a salvarti. Dai, seguiamoli!».

Galacticstrike e la fanciulla si avvicinarono sempre di più a Bullo tenuto prigioniero dai soldati per osservare meglio la scena.

Generale Scott: «Branco di idioti, me lo avete portato tramortito, e adesso che faccio? Mi serviva sveglio! Ma ora non serve nemmeno a voi! Ah ah ah! Soldati, portateli a fare un bel bagno nella lava bollente!!», disse con una risata malata.

Soldati: «No! Vi preghiamo! No! Ti prepareremo da mangiare, ti lucideremo gli stivali…».

Generale Scott: «Fate presto, non voglio più vedere questi inutili…», proseguì sbadigliando annoiato.

Soldati: «Ti troveremo il frammento galattico!! Risparmiaci!».

Il generale pensò tra sé e sé.

Generale Scott: «Malicious sarà fiero di me se gliene trovo uno… OK, d'accordo, mi avete convinto… vi do solo una possibilità, dopodiché non ci penserò due volte a sbarazzarmi di voi, sia chiaro!».

Soldati: «Grazie! Grazie! E lasciateci! Oooh bene compagno, andiamo… non ti deluderemo più!».

Generale Scott: «Portatelo di nuovo nella cella, quello… dannazione, quando ho bisogno di qualcosa c'è sempre un incapace che mi rovina tutto… Perché non ho cambiato mestiere… portatemene un altro…».

Galacticstrike e la fanciulla si avvicinano alla cella dove era tenuto prigioniero Billy ancora tramortito. Galacticstrike, con un pugno energetico, ruppe la serratura e aprì la cella. I due ragazzi presero tra le braccia Billy, ma vennero scoperti dai soldati.

Soldati: «Ehi voi, riportate immediatamente in cella il prigioniero».

Il generale si accorse di quanto stava accadendo e intervenne.

Generale Scott: «Cos'è questo trambusto? Che sta succedendo?! Oooh, chi abbiamo qua… la giovane figlia del saggio di Giove… che onore… come sta tuo padre? Ho sentito che Malicious è venuto a fare una visita da voi, spero che non abbia causato troppa confusione…».

Jasmine: «Maledetto!!».

Generale Scott: «E tu che tieni con te il mio prigioniero chi saresti?».

Galacticstrike: «Io sono colui che prenderà a calci in culo quel "simpaticone" di Malicious, che tu lo voglia o no! Il mio nome non ti deve interessare…», disse con aria di sfida nei confronti del generale.

Generale Scott: «Ah ah ah!!! Avete sentito, soldati… dai, ridete anche voi! Non ho mai sentito una barzelletta più bella di questa! E tu vorresti prendere a calci in culo il Sovrano assoluto del sistema solare? Mmm… vedo che indossi un oggetto interessante… ti conviene consegnarmelo all'istante, altrimenti te la dovrai vedere con i miei soldati».

Galacticstrike: «Se lo vuoi tanto… perché non provi a strapparmelo…?».

Generale Scott: «Non provocarmi, l'hai voluto tu! Soldati, prendetelo!».

Galacticstrike: «Fanciulla, pensa a portare in salvo il mio amico, ci vediamo fuori dall'accampamento…».

Jasmine: «Non farmi stare in pensiero…».

Galacticstrike: «Non te lo prometto… OK, chi è il primo?».

Generale Scott: «Inseguite quei due che stanno scappando!».

Soldati: «Dove credi di andare, bella pollastra?!».

Jasmine: «Via di qua, brutti scimmioni!».

La fanciulla sistemò la questione paralizzando i soldati con i suoi poteri, e proseguì con Galacticstrike verso l'uscita dell'accampamento.

Galacticstrike: «Corri, presto! In quanto a voi…».

Galacticstrike stese a terra il primo soldato, il secondo, il terzo e il quarto l'uno dopo l'altro, e intanto il generale, che si stava irritando, decise di intervenire.

Generale Scott: «Fate largo, branco di incompettenti!».

"Gulp!" Il generale inciampò clamorosamente, facendo una figura degna di un cabarettista, mentre Galacticstrike si metteva il palmo della mano sul viso.

Galacticstrike: «Tutto qua? Non mi dire che lo scontro è già finito! Che noia… Beh, ti saluto!», disse deluso dal suo avversario.

Generale Scott: «Che cosa state aspettando, alzatemi! Muovetevi!!».

Soldati: «Ooooo… isssa! Com'è pesante, generale».

Generale Scott: «Fate silenzio, non vi ho dato l'ordine di lamentarvi! E tu aspetta! Non finisce qua».

Il generale Scott era fuori gioco, e Galacticstrike ne approfittò per abbandonare l'accampamento e ricongiungersi con Jasmine e Bullo, ancora svenuto.

Jasmine: «Che velocità, sei già qua».

Galacticstrike: «Beh, diciamo che alla fine si è rivelato un vero "flop". Dovevi vedere la scena quando il generale è intervenuto nello scontro… è subito inciampato!!».

Jasmine: «Ah ah ah, poveraccio, immagino che dopo ha dovuto chiamare i suoi soldati perché lo sollevassero».

Galacticstrike: «Ah ah ah! Esatto!».

Fuggiti dall'accampamento si diressero verso il frammento, con il Medaglione Galattico di Galacticstrike che gli faceva da guida. Lungo il viaggio decisero di accamparsi per la notte in una grotta.

Durante la notte, Galacticstrike e Jasmine rimasero seduti su un masso, fuori dalla grotta. Il ragazzo pensò ancora a quella volta su Giove quando Malicious aveva chiamato "padre" il saggio e "sorella" Jasmine. Mentre gli parlava, Jasmine notò una certa distrazione da parte di Galactictrike, che era come perso nel vuoto in mezzo ai pensieri, e gli disse:

Jasmine: «Cos'hai, Galactcstrike, ti vedo perso». –

Galacticstrike, immerso nei dubbi e nelle perplessità, rispose:

Galactistrike: «No, niente, è solo che avrei una domanda da farti. Perché quando eravamo al palazzo Malicious ti ha chiamato "sorellina"?».

Jasmine, prima di rispondere, fece un lungo sospiro.

Jasmine: «Devi sapere che Malicious in realtà un tempo fu adottato dalla nostra famiglia, e questo l'ho saputo molto dopo. Purtroppo. Fin da bambino è sempre stato un tipo misterioso e chiuso, e io, essendo molto piccola in quel periodo, non sapevo che cosa avesse. Cercai in mille modi di capire, cercai di stargli vicino più che potevo per strappargli almeno un sorriso, e in parte ci riuscii. Giocavamo a palla e a nascondino, non mi importava se non era mio fratello di sangue, gli volevo comunque bene per quello che era. Ma quando Malicious crebbe, tutto cambiò. I suoi coetanei lo presero di mira, lo criticavano perché dicevano che uno come lui non poteva stare nella famiglia del saggio in quanto era stato adottato, altri erano invidiosi per la sua posizione, essendo comunque figlio dei sovrani del pianeta. Queste cose lui non le ha mai dette a nostro padre, ma quest'ultimo intuì che a un certo punto lui era ritornato a essere la persona chiusa che era prima. Poi con il trascorrere del tempo le cose peggiorarono ancora, la sua sete di vendetta e l'odio lo stavano consumando. Un giorno nostro padre e i saggi si riunirono per decidere se consegnare l'oggetto a Malicious o meno, e la scelta di affidarlo a lui venne rifiutata, non essendone degno di custodirlo. Poi il resto della storia lo conosci bene».

Galacticstrike: «A me l'unica cosa che può interessare è soltanto quella di riportare a casa la mia amata gente sana e salva. Malicious? Vado da lui e gli spacco quel brutto muso che si ritrova».

Dopo di che i ragazzi ammirarono il cielo sfumato blu rossiccio con le stelle, l'uno a fianco dell'altro e guardandosi degli occhi, ma sul più bello Billy si risvegliò dalla botta che aveva preso.

Billy: «Uuuhhh, che botta che ho preso… dove sono finito? Ehi voi due, piccioncini, chi siete? Ricordo solo la botta e nient'altro».

Galacticstrike: «Io sono Galacticstrike».
Jasmine: «E io sono la figlia del saggio di Giove».

Billy: «Ditemi… che ci faccio qui? E che fine hanno fatto tutti i soldati?».

Galacticstrike: «Ehi bello, calmati… innanzitutto ti abbiamo liberato e portato in salvo da quella gentaglia, e poi noi li abbiamo conciati per le feste, compreso il generale… era bello fastidioso, cavolo!».

Billy: «Sì, hai ragione, scusa… pensa, quel generale non era mai contento, ogni volta che gli portavo da mangiare cambiava idea e voleva sempre qualcosa di diverso, e ogni volta che un suo soldato sbagliava a eseguire i suoi ordini, lo faceva secco…».

Jasmine: «Come sei arrivato qua, e come ti hanno catturato?».

Billy: «Ero fuggito dalla base su un satellite di Marte a bordo di un'astronave quando mi imbattei in una squadra di navicelle da caccia, che mi inseguirono appiccicate a me come mosche. Cercai di sbarazzarmi di loro, ma erano troppi… Così mi colpirono e atterrai su questo pianeta, dove con altri rifugiati mi ritrovai di nuovo davanti i soliti soldati che ci prelevarono e ci portarono da quell'insulso generale…».

Galacticstrike: «Che sfortuna che hai avuto, Billy…», disse a bassa voce.

Billy: «Come hai detto?».

Galacticstrike: «No, niente niente, ero sovrappensiero».

Billy non sapeva ancora che dietro a quella trasformazione si nascondeva Nick.

Galacticstrike: «Comunque sia ora sei in buone mani. Dai, ora riposiamoci, domani dobbiamo rimetterci in cammino prima che i soldati del generale ci mettono le mani addosso».

Durante il loro cammino, Bullo si lamentava dal caldo, e a Galacticstrike saltarono i nervi per via dei suoi lamenti.

Billy: «Quanto manca? sono stanco, ho caldooo!».

Galacticstrike: «Non fare la lagna, è da quando siamo partiti che non fai che lamentarti!».

Jasmine: «Ha ragione Galacticstrike, non puoi resistere ancora per un po'?».

Billy: «Datemi da bereee».

Galacticstrike: «Ora basta, finiscila! Se hai sete… beh, tienitela!».

Billy: «Tu vuoi rogne… Allora non mi resta altro che darti una bella lezione».

Galacticstrike: «Ah ah ah, buona questa, lui mi vuole dare una lezione. Dai, sentiamo, e di cosa? Di come si strilla come una femminuccia?».

Billy: «OK, ora basta! Hai oltrepassato il limite!».

Jasmine intervenne:

Jasmine: «OK, smettetela! Ma vi sembra il momento di fare i bambini… dai, su, non perdiamo altro tempo».

Galacticstrike: «Sì, esatto, lasciamo perdere questo caso disperato… E lui vuole fare il duro… ma daiiii».

A un certo punto i tre ragazzi si trovarono di fronte un vulcano, e si misero immediatamente a scalarlo.

Jasmine: «Guardate, lì c'è l'entrata… No! I soldati ci hanno preceduti».

Galacticstrike: «OK, io direi di scendere giù nel cratere, poi procediamo con calma». All'interno del vulcano faceva caldo, tanto caldo, e i ragazzi facevano fatica ad avanzare. Arrivati alla galleria principale iniziarono ad esplorarla, dopo avere preso una torcia all'entrata. Avanzando incontrarono ostacoli l'uno dietro l'altro: frecce, pareti che si ristringevano e perfino botole, ma grazie alla fiaccola di Galacticstrike riuscirono a prevenire ogni pericolo. Poco prima dell'altare, Bullo osservò degli strani geroglifici, che solo Jasmine era in grado di interpretare:

"Un'entità superiore, per ristabilire l'armonia all'interno della Via Lattea, dovette creare un artefatto di enorme potere. Un giorno però quell'artefatto venne affidato nelle mani del suo migliore amico, ma l'oggetto era talmente potente che influenzò la mente dell'amico facendolo diventare malvagio. Un giorno, nella cintura di Orione, il creatore dell'artefatto si trovò faccia a faccia con il suo amico, che nel frattempo aveva sparso terrore. I due ingaggiarono una lotta, e l'amico ebbe la meglio sul creatore".

Galactcstrike: «Quindi questo dovrebbe essere l'oggetto madre di cui mi ha parlato tuo padre… La cintura di Orione…», pensò.

Jasmine: «Esatto, è dove risiede il nostro sistema solare».

Galacticstrike: «Ora ho capito…».

Jasmine: «Che cosa hai capito?».

Galacticstrike: «L'artefatto che indosso, se viene toccato subisce un'influenza negativa, cambiandolo totalmente la personalità».

Jasmine: «Mio fratello… quindi vuoi dire che lui è così dopo che lo ha accidentalmente toccato… o addirittura che è l'oggetto che lo ha fatto andare fuori di testa…».

Galacticstrike: «Temo proprio di sì… Il mio intuito mi dice che questo non sarà l'ultimo geroglifico che incontreremo, e che per scoprire bene la verità bisognerà leggere i prossimi…».

Jasmine: «Chissà cos'altro avrà in mente mio fratello e quali sono le sue vere intenzioni?», pensò preoccupata.

Proseguendo nel loro cammino a un certo punto sentirono delle voci; si avvicinarono per capire chi fossero, e videro che erano i soldati con il frammento in mano.

Jasmine: «Hanno il frammento…».

Billy: «Lasciate fare a me!», disse scrocchiando le dita.

Galacticstrike: «No, lascia perdere, Bullo».

Soldato: «Guardate che bel gioiello. Secondo voi quanto varrà se lo venderemo?».

Altro soldato: «Ma sei matto! Ma sai cosa potrebbe farci il generale se venisse a scoprire che lo abbiamo venduto!».

Il soldato parlò talmente forte che l'altare e il passaggio cominciarono a tremare.

Galacticstrike: «Cosa succede? Il passaggio sta iniziando a tremare! Andiamo subito a recuperare il frammento».

Mentre i soldati erano distratti dal rumore, Jasmine colse l'occasione per rubare il frammento dalle loro mani. Utilizzando i suoi poteri floreali, fece crescere delle radici sotto i piedi dei soldati immobilizzandoli, e prese il frammento. Ora i ragazzi dovevano solo uscire dal passaggio prima di venire travolti dalle macerie, mentre per i soldati non c'era più niente da fare:

rimasero sepolti dentro. Durante la corsa, Billy si era slogato una caviglia rimanendo incastrato in una crepa, e gli altri due corsero in fretta ad aiutarlo. Usciti appena in tempo dal vulcano, una sorpresa era pronta ad attenderli: un enorme drago di magma e roccia comparve fuori dalla vasca lavica del cratere, e i ragazzi rimasero davvero impressionati dalla maestosità della creatura.

Billy: «Woooo, che razza di creatura è mai questa?! Siamo sicuri che tutto questo sia reale?».

Galacticstrike: «Benvenuto all'inferno!».

Questa volta i poteri di Jasmine non potevano essere di aiuto.

Jasmine: «Il frammento a te!».

Galacticstrike prese al volo il frammento, rosso e incandescente, e improvvisamente subì una nuova trasformazione: adesso il suo corpo era rivestito interamente di magma incandescente, ottenendo un nuovo potere.

Galacticstrike: «State indietro... Ora vado a dare una sistemata al nostro amico».

Billy: «Vai, fallo secco! Dai, forza, un sinistro e un destro!».

Galacticstrike si lanciò all'attacco del drago, che lo respinse battendo le ali e subito dopo sputando una palla di fuoco contro il giovane. Quest'ultimo si protesse con il suo corpo ricoperto di magma e si mise a correre attorno al cratere mentre le palle di fuoco cercavano di colpirlo numerose. Billy, facendo come al solito di testa sua, si mise a urlare per distrarre il drago.

Billy: «Stupido drago, sono qua! Le tue palle di fuoco sono piccole, scalda di più un fornello spento!».

Galacticstrike: «Bullo, che fai, razza di un deficiente?! Vai via di li!».

Il drago, distratto, cambiò bersaglio e si rivolse verso Bullo, lanciando una palla infuocata contro il giovane e facendolo saltare per aria.

Galacticstrike: «Così hai imparato la lezione, dopo tutto...».

Jasmine: «Ma quando imparerai a stare al tuo posto?».

Billy: «Ci ho provato, no?!».

Galacticstrike caricò il suo colpo e con tutta forza colpì in pieno muso il drago, e un secondo colpo sulla pancia mise il mostro al tappeto.

Galacticstrike: «Devo ammettere che sei stato utile, Billy».

Billy: «Gran bella persona, prima mi sgridi e poi mi fai i complimenti...».

Galacticstrike: «Cosa vorresti dire!? Che è sbagliato cambiare idea?».

Billy: «Certo, testa vuota!».

Galacticstrike: «Com'è che hai detto, testa pelata?».

Jasmine: «Ora non ricominciate, piuttosto ritorniamo al villaggio, aspetteranno con ansia il nostro ritorno».

Al villaggio, Toka, la persona più influente del paese, aveva organizzato una festa per il ritorno dei ragazzi con danze, musica e cibo a volontà.

Toka: «Preparatevi! Stanno arrivando! Presto presto!».

Jasmine: «Siamo arrivati!».

Galacticstrike: «Beh, cosa sono quelle facce...».

Billy: «Come sospettavo non c'è da fidarsi», disse a bassa voce.

Gente del paese: «Yeeeeeeeeee! Ben tornati, ragazzi!».

Toka: «Siamo contenti che voi ce l'abbiate fatta alla fine a sconfiggere quello stupido generale!».

Galacticstrike: «Non solo. Guarda questo: sono riuscito a strapparlo dalle mani dei suoi soldati all'interno del passaggio e a sconfiggere il drago che si nascondeva nel cratere».

Toka: «Splendido! Ora dovete fare tappa su Venere, so che lì si trova un tempio antico. Lì troverete le risposte che cercate, chissà, forse troverete il prossimo frammento».

Galacticstrike: «Grazie signora, la ringrazio per il suo supporto».

Toka: «Non c'è di che!».

Billy: «Galacticstrike! Danza con noi, ci sono tante belle fanciulle!».

Galacticstrike e Jasmine rimasero pietrificati dall'imbarazzante scena di Billy con le ragazze del villaggio. Il paese era in festa, e si continuò a cantare, a ballare e a mangire fino a quando giunse l'ora per i nostri amici di partire per Venere. Salendo di nuovo nell'astronave Galacticstrike ricordò le parole di Toka rimaste impresse sulla sua mente quando erano a casa sua a parlare del suo popolo e del generale.

Toka: «Il generale... quel tipo è viziatissimo! Non si accontenta mai di nulla! E pensa solo a mangiare e ad accumulare soldi, e pensare che è capitato in un paese dove i cittadini non sapevano nemmeno che cosa fosse il denaro! Buffo, non credi? Noi siamo abituati con il modo del dare e del ricevere: "Più dai, più ricevi"; nel bene o nel male, la cosa è reciproca, fai del bene e ricevi del bene, fai del male e ricevi del male. Guarda, noi continuiamo ad aiutarci a vicenda, e sai il perché? Perché ci guadagnamo, e sai cosa? Il nostro benessere interiore, il sostegno l'uno dall'altro. In questo modo nessuno si sente solo e nessuno è abbandonato a sé stesso, tutti sono importanti allo stesso modo, al contrario di quello che sosteneva quel generale. Per lui era importante il denaro. Denaro? Cos'è il denaro? Io devo ancora capire che cosa sia. Immagino solo che sia un oggetto inanimato. Mi chiedo perché il denaro sia così tanto importante. È semplicemente una cosa che non ha un'anima, non puoi farla parlare, non respira, non può camminare, non puoi chiederle di prepararti da mangiare. Dopo avere visto l'espressione sul volto del generale, al solo sentire la parola "denaro" ho pensato: "questo denaro fa diventare proprio imbecilli"».

Il tempio ardente

Su Venere faceva un caldo infernale, e Galacticstrike, Billy, e Jasmine, per attutire il calore, dovettero prendere delle bolle d'aria di ossigeno fornite da Jasmine stessa. In questo momento loro si trovavano davanti a un enorme tempio, e Jasmine si accorse che a fianco del portale erano scritti dei geroglifici.

Jasmine: «"Se nel tempio volete entrare, prima le quattro sfere degli spiriti dovrete cercare"».

Galacticstrike: «Dove si trovano queste sfere?».

Jasmine: «Secondo i geroglifici ogni sfera si trova su ciascun un punto cardinale, ma non c'è scritto però in quale luogo ci troveremo esattamente, non c'è scritto se ci sono dei fiumi, delle grotte, colline o altro».

Billy: «L'unico modo sarebbe quello di orientarsi con il sole... ah, ma aspetta, ho una bussola con me!».

Galactikstrike: «Ben fatto! Visto che abbiamo tutto, direi di andare!».

Grazie alla bussola di Billy, i ragazzi riuscirono a orientarsi sul nuovo pianeta e si diressero nel luogo dove era tenuta la prima sfera, una delle quattro che permettevano l'accesso al tempio. I ragazzi si trovarono a dover affrontare un sentiero stretto e roccioso alla base di una specie di Grand Canyon, seguendo il quale dovettero stare molto attenti e muoversi con estrema cautela per non scivolare e cadere nella lava. Billy mise accidentalmente un piede su una sporgenza franabile rischiando di cadere,

Jasmine: «Aggrappati alla liana che ti ho lanciato!».

Jasmine usò i suoi poteri per trarre in salvo Bullo insieme all'aiuto di Galacticstrike.

Galacticstrike: «Tieni duro, Bullo, non mollare!», disse incitando il suo ormai amico.

Jasmine: «Dai, resisti ancora un po' che ti tiramo su!».

Galacticstrike utilizzò la sua possente forza, tirò la liana di prepotenza e Bullo fu finalmente salvo.

Billy: «Che spavento che ho preso, temevo di diventare un pollo arrostito».

Galacticstrike: «È tutto OK, Bullo, ora proseguiamo».

I ragazzi andarono avanti lungo il tragitto, e poco dopo videro un ponte.

Galacticstrike: «Billy, cosa dice la bussola?».

Billy: «La bussola indica che dobbiamo attraversare il ponte».

I ragazzi procedettero, ma mentre stavano attraversando il ponte sentirono dei rumori provenienti dal basso: grandi fontane laviche stavano emergendo dal fiume inseguendo i giovani.

Galacticstrike: «Presto, correte!», gridò preso dal panico.

Billy: «Maledetta bussola!».

I ragazzi corsero a più non posso per mettersi in salvo. Quando mancava poco all'arrivo tutti e tre si tuffarono, superando il ponte. La fontana lavica del fiume non riuscì a inghiottirli, ma in compenso distrusse il ponte. Galacticstrike, Bullo e Jasmine riuscirono a salvarsi, e superato il pericolo proseguirono il loro cammino, raggiungendo infine la palude lavica.

Jasmine: «Ecco la palude!», esclamò indicando col dito.

In fondo alla palude intravvidero la sfera, ma per raggiungerla dovettero prima seguire un percorso fatto da galleggianti di roccia emersi sulla lava e dovettero saltare dall'uno all'altro per arrivare alla sfera. Giunti sul posto, Galactcstrike sollevò la sfera dall'altare, ma all'improvviso degli spiriti lavici sbucarono fuori dalla lava. Bullo si voltò, battè sulla spalla di Galacticstrike e disse preoccupato:

Billy: «Galacticstrike?».

Galacticstrike: «Che c'è, Bullo?».

Billy: «Sembra che qualcuno non gradisca la nostra visita».

La sfera era delle dimensioni di un pallone da calcio, ma una vola raccolta aveva la capacità di ridursi e di poter essere tascabile.

Gli spiriti lavici si avvicinarono per impedire ai ragazzi di scappare.

Jasmine: «Temo che qua dovremo svignarcela all'istante. Galacticstrike, facci spazio!».

Galacticstrike: «Con molto piacere».

Galacticstrike, con un'ondata di energia sprigionata dal palmo della sua mano, respinse gli spiriti aprendo la via. Gli spiriti lavici sembravano invadenti però non voler mollare, e così i ragazzi corsero a più non posso tornando al punto di prima davanti al ponte, ma il ponte non c'era più, era stato distrutto dalla lava.

Jasmine: «Il ponte è sparito!».

Billy: «Ora che facciamo, Galactisctrike?!».

Nel frattempo vennero raggiunti dagli spiriti lavici.

Galacticstrike: «Non ci rimane altro che andare a destra».

Decisero di seguire la strada consigliata da Galacticstrike.

Galacticstrike: «Dannazione! La strada è bloccata dagli spiriti!», esclamò.

Andarono a sinistra, ma nulla da fare. All'improvviso, Bullo si accorse che c'era un passaggio dall'altra parte del canyon, un tunnel. Jasmine lanciò con il suo potere una liana robusta su una sporgenza dall'altra parte del canyon. I ragazzi afferrarono la liana tutti insieme e si lanciarono verso il tunnel. A un certo punto sembrava che avessero seminato gli spiriti della palude lavica, invece questi tentarono di consumare poco a poco la liana con l'intento di buttarli giù. Alla fine ci riuscirono, così la liana si ruppe, e Galacticstrike dovette trovare un rimedio. Creò una piattaforma di magma solidificato in mezzo al fiume ma ancorata al tunnel, e una volta atterrati lì furono salvi. Avanzarono lungo la passerella e si diressero al tunnel, gli spiriti vennero seminati, e inoltre non potevano oltrepassare il confine, perché non era più territorio loro. I ragazzi, entrati nel tunnel, proseguirono diritto sempre guidati della bussola che teneva Billy. La luce continuava a diminuire e il percorso era sempre più in discesa e buio. I tre non riuscivano a tenere il passo e scivolarono giù seguendo una traiettoia lunga chilometri; andarono ben spediti e finirono in un sotterraneo.

Jasmine: «Questo che posto è? Non si vede niente».

Galacticstrike: «Qui dovremmo fare luce, mi sembra ovvio».

Billy controllò le sue tasche.

Billy: «Ecco qua, tranquilli, per fortuna ho un accendino».

Galacticstrike: «E bravo Bullo! Ultimamente ti stai rendendo utile, non sapevo che avresti portato via con te il "Mondo"».

Billy: «Io non mi faccio mai cogliere impreparato, cosa credi…».

Jasmine creò una sorta di fiaccola vegetale, Galacticstrike ci creò un manico, e infine Bullo la accese con il suo accendino in modo da fare luce. Quando accesero la fiaccola si sentirono dei rumori nel sotterraneo.

Jasmine: «Che cosa è stato, stavolta?».

Galacticstrike: «Altri simpaticoni in vista, temo».

Degli spiriti rocciosi colsero alla sprovvista i ragazzi colpendoli ripetutamente. Questi spiriti erano veloci e furbi, e sapevano sfruttare il buio a loro vantaggio per assalire gli intrusi.

Galacticstrike: «Accidenti! Questi spiriti sono davvero invadenti! Rimanete dietro di me, io proverò a contrastarli».

Galacticstrike capì subito il punto debole degli spiriti, e così utilizzando soltanto la luce li tenne a distanza. Giunti all'altare, però, la fiaccola improvvisamente si spense, e gli spiriti si fecero nuovamente ancora più minacciosi.

Galacticstrike: «Bullo, prendi la sfera subito!».

Billy prese la sfera e un varco si aprì all'improvviso, una luce intensa si intravvedeva, di corsa raggiunsero il varco e subito dopo vennero risucchiati da una folata di vento, che condusse i ragazzi in un enorme deserto roccioso.

Billy: «Guardate qua».

Billy invitò Galacticstrike e la fanciulla a notare qualcosa di strano nella bussola e aggiunse:

Billy: «La bussola prima indicava il Nord dalla nostra sinistra, ma come abbiamo passato il varco tutto è cambiato! Ora il Nord lo indica dal lato opposto. Ma com'è possibile?!».

Galacticstrike, incuriosito dall'improvviso cambiamento di posizione, rispose:

Galacticstrike: «Davvero curiosa questa cosa, è probabile che i varchi ci abbiano trasportati in luoghi totalmente diversi, ma il collegamento tra di loro permette che accada questo».

La fanciulla intervenne nel discorso:

Jasmine: «Secondo me probabilmente queste sfere hanno dei poteri mistici, una volta presa una in possesso, permette di accedere immediatamente alla prossima su un altro punto, presa la seconda si accede direttamente alla terza e così via».

Galacticstrike: «Il tuo ragionamento effettivamente non fa una piega, altrimenti tutto questo non sarebbe possibile».

I loro discorsi vennero interrotti da ulteriori raffiche di vento polverose, e i ragazzi cominciarono ad avanzare con molta fatica.

Billy: «Non si vede niente a causa di questo vento, questi spiriti non hanno altro da fare».

Jasmine: «A quanto pare no!».

Galacticstrike: «Ma se solo avessero un punto debole pure loro».

Il tragitto era lungo, i ragazzi avevano ancora molta strada da fare, e tutti si coprirono gli occhi per ripararsi dalla tempesta di sabbia. Galacticstrike motivò i suoi amici a non mollare e a continuare, soprattutto Jasmine, le cui energie stavano scarseggiando,

Galacticstrike: «Dai, non fermarti!».

Jasmine: «Non ce la faccio più! Le mie forze stanno svanendo!».

Galacticstrike: «OK, nessun problema, ti aiuto io».

Galacticstrike si mise la ragazza sulle spalle e ripresero il cammino nonostante la violenza della tempesta. Arrivati all'altare dove c'era la terza sfera, gli spiriti demoniaci si burlarono di loro, facendo aumentare la tempesta e spostandosi qua e là disorientando i ragazzi.

Galacticstrike: «Proprio ora che eravamo arrivati all'altare… Adesso non si vede più niente».

Galacticstrike attivò il potere del medaglione, che provocò un'onda d'urto che fece smettere di colpo la tempesta. Presero la sfera e un altro portale comparve, proprio come aveva detto la fanciulla, e i ragazzi vi si tuffarono dentro. Nella quiete improvvisa, sentirono rumori provenire dal sottosuolo,

Galacticstrike: «Cos'è questo rumore?».

Un getto di vapore comparve dal sottosuolo.

Bullo: «Penso che ora ci troviamo…».

Un secondo e un terzo getto comparvero l'uno dietro l'altro.

Billy: «…in un campo di geyser!», urlò.

A questo punto i ragazzi dovevano stare molto attenti a dove mettevano i piedi,

Galacticstrike: «Facciamo molta attenzione, ragazzi, altrimenti rischiamo di essere dei polli cotti al vapore».

Il vapore che emergeva non era altro che gli spiriti di geyser, che saltavano da un terreno all'altro come delle talpe, scatenando eruzioni di vapore e dimostrandosi così molto insidiosi nei confronti dei ragazzi,

Jasmine: «C'era da immaginarselo che questi geyser non erano altro che degli schifosi spiriti», disse con disprezzo.

Galacticstrike: «Chi vuole giocare all'acchiappa-la-talpa con me?», propose.

Billy: «Io io! Lo voglio!».

Jasmine: «Che?».

Galacticstrike: «Ora lo vedrai, Bullo, sei pronto?».

Billy: «Naturalmente!».

Galacticstrike, Bullo e la fanciulla cercarono di colpire gli spiriti non appena saltavano fuori,

Billy: «Sono impossibili da prendere!».

Galacticstrike: «OK, va bene, in questo caso non ci rimane altro che fiondarci verso la sfera».

I ragazzi corsero come al solito come dei pazzi, e una volta presa l'ultima sfera videro un altro portale, che li avrebbe portati direttamente davanti al tempio.

Jasmine: «Bene, ora possiamo finalmente posizionare le sfere».

Le sfere fluttuarono nell'aria e si posizionarono in ordine nei corrispettivi spazi. I ragazzi si trovarono dentro un enorme tempio e notarono subito altri geroglifici impressi sulla parete, come quelli su Mercurio. Jasmine cominciò a decifrarli e interpretarli.

Jasmine: «Qui è scritto: "La lotta durò decenni, e a causa degli scontri gli impatti energetici dell'oggetto controllato dall'ex amico del creatore fecero pian piano nascere quelli che sono i componenti del sistema solare, non ancora indipendenti. Alla fine dello scontro l'oggetto raggiunse il limite della potenza, entrambi vennero risucchiati in un'implosione che subito dopo si tramutò in un'esplosione, accerchiando i pianeti presenti. Così l'esplosione prese la forma di un'enorme palla infuocata, la quale prese il nome di "Sole", la stella conosciuta tutt'ora. È così che prende vita il sistema solare…"».

Galacticstrike: «Mi sa che il nostro sistema solare non sia nato con una semplice collisione, come viene spiegato nei libri di scuola, qua c'è altro», pensò deluso dai libri di storia.

Jasmine, impressionata, tacque per un momento, si voltò verso i ragazzi è spiegò il suo flashback di un ricordo passato:

Jasmine: «Questa leggenda me lo raccontava mio padre prima di dormire quando ero bambina, e non pensavo che fosse accaduto realmente…».

Billy: «Non mi dire che dovremo sgobbare ancora!».

Galacticstrike: «Eh già, Bullo... Prima ne veniamo fuori e prima si torna a casa nostra!».

I ragazzi ripresero a camminare e videro l'entrata del primo piano del tempio.

Jasmine: «Qui c'è scritto dell'altro! "Se al piano superiore vorrete salire, prima ciascun guardiano dovrete demolire"».

Una volta entrati tutto sembrava tranquillo, Galacticstrike scorse il passaggio che conduceva al secondo piano.

Galacticstrike: «Guardate là, c'è il passaggio che conduce al secondo piano, andiamo!».

Quando si avvicinarono al portale che conduceva al secondo piano del tempio delle lingue di lava sbarrarono la strada ai ragazzi, che furono costretti a indietreggiare e vennero accerchiati da lingue di fuoco. In quel momento una voce potente colpì le loro orecchie dicendo prepotentemente:

Guardiano del primo piano del tempio: «Come avete osato entrare nel tempio?!».

Galacticstrike. «Chi sei, mostrati!».

Il guardiano comparve e si presentò:

Guardiano del primo piano del tempio: «Io sono colui che non lascia passare gli intrusi, protettore del tempio, io sono il guardiano sovrano della lava, se volete passare al secondo piano dovrete prima riuscire a sconfiggermi».

Galacticstrike e la fanciulla non sembravano preoccupati, al contrario di Bullo.

Galacticstrike: «Comunque sia, noi ti atterreremo!», disse deciso senza alcun timore.

Il guardiano sovrano della lava con un grido feroce fece scatenare l'inferno, con scariche di terremoto che si propagavano nell'aria creando un'arena di lava tutto intorno. I ragazzi stavano attenti a non cadervi dentro tendendosi uniti per mano, e il guardiano sembrava non vedere l'ora di confrontarsi con loro. Galacticstrike attaccò il guardiano sfoderandogli un colpo secco.

Galacticstrike: «Ti è piaciuto il mio colpo?», disse pensando di averlo colpito.

Ma il guardiano non si era fatto cogliere impreparato proteggendosi con le sue asce, e Galacticstrike si ritirò, rimanendo sorpreso.

Galacticstrike: «Non pensavo, sovrano della lava, che tu fossi così in gamba prevedendo il mio attacco».

Galacticstrike non perse la calma, il suo corpo si rivestì di un'armatura di magma solido e dalle sue mani comparvero delle sfere di magma che si plasmarono e si solidificarono anch'esse in asce. Entrambi ora se la giocavano alla pari,

Guardiano del primo piano del tempio: «Non cercare di copiarmi facendo lo spaccone, ragazzo! Vediamo adesso come ti comporti con i miei figli!».

I figli del guardiano comparvero dalla lava che circondava l'arena. Adesso Galacticstrike, oltre a essere impegnato con il guardiano, doveva affrontare un altro ostacolo, gli spiritelli di lava. La fanciulla e Bullo erano completamente circondati dagli spiritelli di lava, e Jasmine non poteva fare molto contro di loro, perché i suoi poteri non erano tanto efficaci. Galacticstrike, quando vide i suoi amici in pericolo, corse subito da loro mentre gli spiritelli provavano a fermarlo aggrappandosi a lui, ma riuscì infine a liberarsi levandoseli di torno.

Guardiano del primo piano del tempio: «Te la farò pagare cara per esserti liberato dalla presa dei miei figli, ora non la passerai liscia!».

Il guardiano sovrano della lava era arrabbiato perché Galacticstrike era riuscito a liberarsi dei suoi figli, così decise di creare una bolla di lava che avvolse il ragazzo. Fortunatamente Galacticstrike, essendo fatto interamente di magma, era completamente immune alla bolla di lava del guardiano, così in un attimo la ruppe e riprese a soccorrere Jasmine e Bullo sbarazzandosi degli ultimi figli spiritelli del guardiano.

Galacticstrike solidificò il terreno che era stato sommerso dalla lava a causa dei figli del guardiano e riuscì a portare entrambi al riparo. Il guardiano. infuriato, si lanciò su Galacticstrike,

Guardiano del primo piano del tempio: «Non riuscirete a passare!».

Durante la lotta Galacticstrike lo disarmò, e con entrambe le mani gli prese la testa e con violenza la sbatté contro la parete a sinistra e poi a destra. Non appena Galacticstrike vide il guardiano rialzarsi faticosamente, prese la rincorsa e gli sferrò un pugno violento, senza pietà, che lo consacrò vincitore. Il guardiano ormai era esausto, privo di forze, e così dovette arrendersi lasciando spazio ai ragazzi che si dirassero veloci verso il secondo piano.

Guardiano del primo piano del tempio: «Ah! Era da un bel po' di tempo che non incontravo gente tanto tenace come te».
Galacticstrike: «Ti ringrazio, anche io lo penso».

Galacticstrile, con Jasminee e Billy, proseguì il cammino.

I ragazzi salirono al secondo piano del tempio e si ritrovarono in una stanza completamente buia; qualcosa sfiorò il loro viso, e un secondo guardiano, del quale si notava a malapena il viso, comparve davanti a loro.

Guardiano del secondo piano del tempio: «Come hanno fatto degli esseri come voi a sconfiggere il guardiano sovrano della lava?!».

Galacticstrike: «Ehm, in realtà ci ho pensato io a conciarlo per le feste».

Guardiano del secondo piano del tempio: «Io sono il guardiano sovrano della roccia, se è così fammi vedere che cosa sai fare!».
Incredulo, il guardiano sovrano della roccia volle affrontare Galacticstrike, e lo scontro ebbe inizio. Il guardiano sfruttò il buio a suo vantaggio per muoversi in velocità senza farsi notare,

e Galacticstrike, per questo, si trovò in netto svantaggio. Galacticstike si rivolse allora ai suoi amici:

Galacticstrike: «Billy! Jasmine! Vi ricordate il sotterraneo completamente buio con gli spiriti rocciosi che ci infastidivano?».

Billy: «Io tiro fuori l'accendino!».

Jasmine: «Io farò un bel fascio!».

Billy e Jasmine capirono al volo. Galacticstrike fece luce ricordandosi del sotterraneo dove, per scacciare gli spiriti rocciosi, avevano dovuto accendere una torcia.

Galacticstrike: «Oh, eccoti finalmente! Ora posso vedere il tuo bel faccino», disse ironicamente.

Galacticstrike vide finalmente la vera forma del guardiano.

Guardiano del secondo piano del tempio: «No, dannato! Non è finita qua!».

Il guardiano, che non sopportava il bagliore della luce, attuò un piano B, entrò nelle ombre di Galacticstrike, della fanciulla e di Bullo, e, riuscendo a controllarle, le usò contro i ragazzi come se fossero delle marionette. Galacticstrike, Jasmine e Billy dovettero combattere contro le loro stesse ombre, mentre il guardiano si divertiva a torturarli.

Galacticstrike: «Ragazzi, dobbiamo uscire fuori da questa situazione!».

Jasmine: «Già, una cosa che non riesco a sopportare è di dover combattere contro me stessa!».

Billy: «Dai, fatti sotto, me stesso!».

Jasmine: «OK, ho un'idea ragazzi, statemi a sentire, dobbiamo illuminare tutta la stanza, così da poter indebolire totalmente il guardiano».

Jasmine, dopo un po', capì che per abbattere il guardiano prima bisognava creare dei punti che permettessero di illuminare la stanza a 360°, in modo da non lasciare alcuna traccia delle loro ombre, rendendo il guardiano più vulnerabile ai loro attacchi.

Jasmine, Billy e Galacticstrike: «Pronti…? Via!».

I ragazzi, al loro via, "attaccarono" a caso contro le pareti, Billy corse incontro al guardiano urlando e distraendolo, e nel frattempo Jasmine creò delle sfere d'erba sparpagliandole in punti precisi della stanza; subito dopo, Galacticstrike rese incandescenti le sfere riuscendo a illuminare in tutto e per tutto la stanza. Le loro ombre possedute scomparirono.

A questo punto il guardiano si sentì preso in giro, e, non riuscendo a digerire la cosa, si arrabbiò tantissimo, e Jasmine ne approfittò per bloccare con le sue piante rampicanti prima i suoi piedi e poi le gambe, atterrandolo e bloccandogli il corpo, e il guardiano non potè fare altro che arrendersi.

Guardiano del secondo piano del tempio: «No! Non mi lascerò sconfiggere da voi!».

Billy: «Posso avere l'onore di torturarlo ancora un po', fino a quando non deciderà di arrendersi del tutto?», chiese a Galactcstrike.

Galacticstrike con un gesto della mano rispose:

Galacticstike: «Certo, è tutto tuo».

Concessogli lo sfizio, Bullo saltò sul guardiano tutto entusiasta. Il guardiano implorò pietà e di lasciarlo andare, ma nessuno aveva intenzione di liberarlo.

I ragazzi salirono verso il terzo piano e vennero risucchiati da un vortice che li trascinò verso l'entrata. La sala era avvolta da un'immensa tempesta di sabbia, e i tre, cercando di ripararsi dalla tempesta, avanzavano con difficoltà domandandosi:

Billy: «Dove diavolo si trova il guardiano, qui vedo solo sabbia!».

Galacticstrike: «Presto lo scopriremo, Bullo».

All'improvviso un mulinello ruotò attorno a loro sollevandoli in aria.

Guardiano del terzo piano del tempio: «Io sono il guardiano sovrano della sabbia rocciosa e di tutto ciò che è arido…».

Il guardiano si presentò apparentemente ai ragazzi con la stessa eleganza di un maggiordomo.

Jasmine: «Scusi, non è che ci potrebbe mettere giù, per favore?».

Galacticstrike: «No, dai, fanciulla, lascialo parlare ancora un po'».

Poi, rivolgendo la parola al guardiano sovrano della sabbia rocciosa:

Galacticstrike: «Dai, continua pure, non darle ascolto».

Il guardiano, tutto fiero, continuò con i suoi discorsi:

Guardiano del terzo piano del tempio: «Bravi, ragazzi, siete stati davvero bravi a sconfiggere i primi due guardiani, ma ditemi come avete fatto a vincerli… Sapete, i guardiani contro i quali avete combattuto finora non erano un gran che in confronto a me, perché IO SONO IL PIU' FORTE!».

Visto che continuava a blaterare, Jasmine si stancò di starlo a sentire, lo attaccò e il guardiano andò su tutte le furie.

Billy: «Jasmine, non è stata affatto una bella mossa, ora lo hai fatto davvero arrabbiare».

Jasmine: «Me ne frego! Non ne posso più dei suoi discorsi!», rispose spazientita.

Galacticstrike si mise in guardia.

Guardiano del terzo piano del tempio: «Me la pagherete molto cara per avere interrotto il mio bel discorso!».

Il guardiano, offeso, aumentò l'intensità della tempesta impedendo ai ragazzi di muoversi. Cercavano in qualche modo di non perdersi di vista, ma venivano separati dal flusso d'aria. Il guardiano, intanto, scomparve dalla loro vista mischiandosi nella tempesta, e sembrava voler prendere di mira in particolare la ragazza.

Galacaticstrike: «Prendi me, non lei! È me che vuoi!», gridò implorando il guardiano.

Guardiano del terzo piano del tempio: «OK, accetto, prenderò di mira solo te!».

Il guardiano mostrò il suo volto tra la sabbia di fronte a Galacticstrike, e, accettando la richiesta, cambiò bersaglio sull'eroe. Gakacticstrike venne colpito innumerevoli volte da una tempesta di colpi.

Jasmine e Bullo: «Galacticstrike!», esclamarono preoccupati.

Guardiano del terzo piano del tempio: «Tacete, voi due!».

Jasmine e Bullo: «Aaahhh!», gridarono colpiti dall'attacco del guardiano.

Il guardiano, per farli tacere, coinvolse i tre ragazzi nei suoi attacchi, e Galacticstrike, disperato e fuori di sé, attivò il potere avvolgendo il suo corpo di magma incandescente e contrattaccando ogni singolo colpo. Il guardiano all'improvviso pose fine alla tempesta, riportando i ragazzi a terra.

Galacticstrike: «Perché hai attaccato loro?!», disse fuori di sé al guardiano.

Guardiano del terzo piano del tempio: «Prima o poi, comunque, dovrò mettere a tacere tutti quanti, non solo te!», rispose orgoglioso al ragazzo.

Il guardiano riprese l'attacco aumentando il livello di calore e Bullo e Jasmine iniziarono a risentirne gli effetti, mentre Galacticstrike, naturalmente, ne era immune.

Galacticstrike: «Visto che la metti così, sai come ti rispondo...?».

Combinò il potere del medaglione con il frammento rosso incandescente, e subito un'aura di energia si sprigionò intorno a lui con un colore bianco e rosso intenso. Caricò l'energia, e, in un'implosione, l'energia esplose in modo tale da coprire l'intera stanza e vaporizzare nel nulla il guardiano del terzo piano del tempio: di lui non se ne sentirà più parlare, e la temperatura tornò come prima.

Jasmine: «Era ora, cavolo! Non ne potevo più...».

Galacticstrike: «Sai, ti devo le mie scuse: avevi ragione, era un guardiano noioso».

I ragazzi, sbarazzatisi del terzo guardiano, raggiunsero il quarto piano, nonché l'ultimo. Quando si trovarono al centro della sala, dei vapori fuoriuscirono dalle pareti riempiendo la stanza di gas: sembrava di essere in una sauna. Bullo e Jasmine si accasciarono a terra vinti dal calore, mentre Galacticstrike anche questa volta era immune.

Galacticstrike: «Forza, esci allo scoperto, o hai forse troppa paura?!», gridò nella sala con tono alto e provocatorio.

Questa volta il guardiano si manifestò sotto forma gassosa.

Guardiano del quarto piano del tempio: «Io sono l'ultimo guardiano del tempio, sovrano dei geyser. Vi allerto, ragazzi, che non riuscirete a raggiungere l'altare con il frammento, ma se doveste riuscirci vi aspetterà una bella sorpresa».

Galacticstrike: «Di che sorpresa parli?», chiese curioso.

Guardiano del quarto piano del tempio: «Lo scoprirete solo se riuscirete a sconfiggermi».

Galacticstrike si "rimboccò le maniche" e raccolse le forze, ma quando fece per colpirlo il guardiano si dissolse, e lui lo mancò. Provò e riprovò, ma senza alcun risultato.

Galacticstrike: «I colpi non vanno a segno, questa volta», disse deluso dopo avere provato più volte.

Guardiano del quarto piano del tempio: «Dai, ritenta, vedrai che forse questa volta ci riuscirai».

Il guardiano continuava a prendersi gioco di lui, mentre la fanciulla e Bullo, che erano ancora a terra praticamente esanimi, con un briciolo di forza videro che il loro amico era in difficoltà. Bullo trovò subito una soluzione.

Billy: «Ho notato una cosa da quando abbiamo messo piede in questo piano, vedi quelle pareti? È da quei fori che esce il vapore, e probabilmente anche il guardiano sta usando quelle fessure per spostarsi dove gli pare».

Jasmine capì che tutto tornava, e con le poche forze che le erano rimaste tappò le fessure, bloccando il flusso di uscita del vapore per impedire al guardiano di spostarsi velocemente.

Jasmine e Billy: «Ora il guardiano è vulnerabile!», urlarono a Galacticstrike.

A quel punto Galacticstrike poteva tenere il nemico sotto controllo e agì di conseguenza: provò di nuovo ad attaccarlo e il guardiano venne colto di sorpresa da un colpo devastante, ma comunque riuscì a fuggire dissolvendosi. La stanza stava tornando alla temperatura normale, e Jasmine e Bullo stavano riprendendo fiato lentamente, mentre al guardiano, messo alle strette, non restò altro che utilizzare l'ultima carta da giocare. All'improvviso il terreno tremò e i ragazzi, non appena intuirono le intenzioni del guardiano, corsero verso la porta che conduceva all'altare, proprio nel momento in cui un gigantesco geyser fuoriusciva dal terreno sotto forma di un'esplosione. I ragazzi si salvarono per un pelo.

Billy: «Visto che siamo arrivati fino qua, ora possiamo prendere il bottino e andarcene il più in fretta possibile».

Appena Bullo toccò il frammento la stanza iniziò a tremare risvegliando un colosso metà meccanico e metà magma,

Galacticstrike: «Bullo, porti sfiga, lascia stare la prossima volta, eh», disse schifato.

Billy: «Ehi, non è colpa mia!».

I ragazzi non riuscendo ad attaccare il colosso, si diedero alla fuga correndo verso l'esterno.

Jasmine: «Se il tempio funziona grazie alle sfere, è probabile che togliendole dalle fessure il colosso si spegnerà come se togliessero le pile a un giocattolo».

Tolsero le sfere dalle fessure, e in effetti il colosso si spense. Galacticstrike, prelevando il frammento dal colore azzurro biancastro dalla fronte del colosso, ottenne un nuovo potere, ma mentre stavano andando via, le sfere fluttuarono nell'aria attaccandosi agli arti del colosso, che all'improvviso prese di nuovo vita,

Galacticstrike: «Ma non te ne potevi rimanere lì dov'eri!», disse esasperato e ironico.

Galacticstrike tornò dal colosso, e con il suo nuovo potere elettromagnetico scaricò un'energia creando un enorme campo elettromagnetico che distrusse in un baleno tutte e quattro le sfere negli arti, così mandando in cortocircuito il colosso che esplose in mille pezzi, e con lui anche il tempio crollò.

Poco dopo i ragazzi, stanchissimi, ripresero il viaggio a bordo dell'astronave,

Billy: «Sai una cosa, la tua voce mi sembra familiare, mi sembra la stessa di quel bastardo di Nick», disse insospettito riferendosi a Galacticstrike.

Galacticstrike: «Nick? di chi stai parlando…? Non conosco nessun Nick…», rispose con tutti i sudori che gli colavano dal corpo dopo essere stato messo sotto pressione dalla domanda di Bullo.

Billy: «Naaaa… forse mi starò sbagliando… Mah, mi risveglierò».

Jasmine: «Non temere, Bullo, è tutto reale, ora ti trovi in una vera nave spaziale».

Billy: «Anche se questo è un sogno strano, a dire il vero è fin troppo fico».

Mentre i ragazzi passavano davanti a Giove, Bullo esclamò sorpreso:

Billy: «Guardate Giove! Quanta meraviglia!».

Nel frattempo Jasmine era stata sopraffatta dalla malinconia, pensando ancora al suo popolo e a suo padre. Galacticstrike si avvicinò per confortarla, appoggiò la sua mano alla spalla della fanciulla e disse:

Galacticstrike: «Non ti preoccupare, presto tutto finirà e potrai finalmente riabbracciare tuo padre».

Abbracciò forte la fanciulla e Jasmine, che non era riuscita a trattenere le lacrime di gioia che le colavano lungo il viso, si fece coraggio e lo ringraziò. I tre giovani si diressero verso Saturno, alla ricerca del prossimo frammento. Intanto, nella sede centrale di Malicious, l'essere malvagio venne informato di nuovo sulla situazione.

Soldati: «Galacticstrike e la fanciulla figlia del saggio di Giove hanno sconfitto il generale su Mercurio e hanno trovato il frammento su Venere, mio Signore!».

Malicious: «Ma quando la smetteranno di essere così testardi?! Mocciosi!», disse innervosito.

Soldato: «C'è un'altra cosa che deve sapere, mio Signore, in questo momento stanno portando un ex prigioniero nel loro viaggio».

Malicious riflettè un attimo…

Malicious: «OK, ordino a voi imbecilli di aumentare le ricerche dei frammenti, e cercate di non perdere di vista i ragazzi, soprattutto Galacticstrike, colui che ha il medaglione. Soldati, andate! I ragazzi riceveranno una bella sorpresa».

Poi, rivolgendosi al suo braccio sinistro, il generale Alfred:

Malicious: «Tu sai che cosa devi fare, non deludermi».

Generale Alfred: «Certo, mio Signore, farò del mio meglio».

Poco dopo gli uomini di Malicious, capitanati dal suo braccio sinistro, arrivarono sul pianeta Saturno. Alfred si mostrò davanti al palazzo del saggio di Saturno ed entrò nel palazzo tutto fiero. Il saggio riconobbe lo stemma di Malicious stampato sul petto di Alfred e iniziò ad agitarsi, tenendo un atteggiamento di titubanza nei confronti del generale.

Generale Alfred: «Perché stai tremando, vecchio Sakhis, non ho ancora fatto niente… Vedi, sono qui per farti una proposta riguardante il frammento», disse al saggio ironicamente.

Saggio di Saturno: «Il frammento non te lo darò mai! Neanche a costo della mia stessa vita!», contrabbattè.

Il generale si avvicinò a lui, lo prese per il collo alzandolo e disse:

Generale Alfred: «Non ti conviene farmi perdere la pazienza, questo è il patto: o mi dai il frammento, e quindi non succederà niente di male, oppure ridurrò in schiavitù la tua amata gente, compreso te».

Saggio di Saturno: «Anche se te lo dessi, tu ridurrai in brandelli lo stesso il mio popolo».

Detto questo, il saggio scagliò la sua energia contro il generale braccio sinistro di Malicious, scaraventandolo sulla parete.

Generale Alfred: «Sono veramente impressionato, bravo, non pensavo che tu avessi tutta questa forza... ma ora voglio giocare anch'io».

Il generale Alfred si allontanò dalla parete, si sgranchì il collo e con uno scatto veloce si catapultò verso il saggio, sferrandogli un pugno potente. Per difendersi, il saggio creò uno scudo energetico intorno a sé, ma la pressione del pugno del braccio sinistro di Malicious era troppo forte, perforò il suo scudo e lo colpì con violenza.

Generale Alfred: «Hai visto, vecchio?», disse con arroganza.

Il saggio faceva fatica ad alzarsi.

Saggio di Saturno: «Sei un folle, sono tutte balle!». –

Il saggio raccolse ancora un po' di forze e i due combatterono di nuovo. I tre ragazzi, Jasmine, Bullo e Galacticstrike, raggiunsero Saturno quando era ormai dominato dal perfido braccio sinistro di Malicious.

Ricongiunzione

Su Saturno, poco prima dello sbarco da parte dei ragazzi, il saggio aveva perso contro il generale Alfred. Quest'ultimo prese il corpo esausto del saggio e lo mostrò alla folla.

Generale Alfred: «Dov'è la tua strabiliante forza, guardatevi, voi esseri siete patetici! Non riuscite nemmeno a proteggervi, voi non avete il potere, pensate di ottenere tutto con la bontà, con l'amore, nell'aiutare gli altri, ma tutto questo vi rende deboli, vulnerabili! Grazie a Malicious ho imparato che se devo ottenere qualcosa la devo strappare dalle mani, conquistare, dominare, e soprattutto che devo sopprimere con la forza chiunque cerchi di intralciare i miei piani e i piani di Malicious».

Dopo questo discorso il generale consegnò il saggio ai soldati ordinando di rinchiuderlo in una cella.

Quando i ragazzi arrivarono in paese videro soldati e guardie di Malicious ovunque, e la gente del paese andò incontro ai tre giovani intimorita da quanto era accaduto.

Cittadino: «Ragazzi, ho bisogno del vostro aiuto».

Galacticstrike: «Che cosa sta succedendo? Come mai ci sono tutti questi soldati?».

Il cittadino si rivolse alla fanciulla:

Cittadino: «Suo zio, il saggio, è in grave pericolo! Voi dovete liberarlo!».

Poi rivolse la parola a Galacticstrike:

Cittadino: «Il generale Alfred qualche giorno fa è arrivato su questo pianeta e ha minacciato il saggio e noi povera gente!».

Jasmine si rattristò per suo zio,

Jasmine: «Dobbiamo subito andare a liberare mio zio e annientare quel generale che ha osato fargli del male!», disse senza perdere il coraggio mentre le sue lacrime di tristezza diventavano lacrime di rabbia.

Galacticstrike, Jasmine e Billy, dopo avere ascoltato le richieste dei cittadini, concordarono un piano per liberare il saggio e trovare il frammento. Vennero ospitati a cena dal braccio sinistro di Malicious, travestiti da generali di Malicious, dopo avere rubato alcune divise, cappelli e stemmi per non farsi riconoscere e per proseguire secondo i piani.

Jasmine: «Scusatemi, dovrei andare un attimo in bagno», disse a un certo punto.

Durante la cena la fanciulla, conoscendo il palazzo meglio di ogni altro, si diresse verso il bagno, ma in realtà la sua intenzione era di scendere giù nelle cripte dove venivano tenuti imprigionati i delinquenti. Mentre la fanciulla stava scendendo le scale fu scoperta da alcune guardie, che allarmarono il generale. Jasmine, per liberarsi di loro, con i suoi poteri legò con le piante rampicanti dal pavimento e dalle pareti ogni soldato che si trovava davanti, e così potè proseguire fino alla cripta. Molto lentamente si avvicinò alla cella di suo zio il saggio di Saturno e lo liberò. Il saggio fu molto orgoglioso di sua nipote che era venuta a soccorrerlo.

Saggio di Saturno: «Nipotina mia, che bello rivederti!».

Jasmine. «Anche io sono contenta, zio Sakhis!».

Saggio di Saturno: «Malicious l'ha combinata veramente grossa questa volta, chissà dove vuole arrivare, tra generali e soldati».

Jasmine: «Non ti preoccupare, io e i miei amici sistemeremo questa cosa una volta per tutte! Ma non dobbiamo dire niente su dove si trova il frammento al generale».

Intanto Bullo, scocciato per l'attesa, decise di andare a farsi un giro per il paese.

Billy: «Cavolo, ma quanto ci mettono quei due? Va bene, significa che me ne andrò a fare un giro».

Billy entrò in un locale e incontrò Carl e Chris, che stavano giocando a carte con alcuni soldati del generale.

Carl: «È stato bello, ma mi dispiace, io ho un full di assi».

Soldato: «No, non è giusto! Hai vinto anche stavolta».

Chris: «È inutile, siamo troppo forti per voi», disse modesto.

Billy rimase senza parole, poi all'improvviso successe il caos: Chris si fece beccare che nascondeva delle carte nella manica, il soldato si imbestialì con entrambi, la gente scappò tutta fuori tutti dal locale.

Carl: «Ehi, Bullo, come va?».

Chris: «Sei andato a pestare qualcuno ultimamente?».

Billy: «Che diavolo avete fatto?! Dai, razza di idioti, meglio se usciamo di qua, poi mi darete delle spiegazioni!».

Carl e Chris, usciti dal locale e dopo essersi nascosti dai soldati infuriati, raccontarono a Bullo delle loro avventure... Nel frattempo nella sala, mentre Galacticstrike sotto copertura e il generale braccio sinistro di Malicious stavano chiacchierando, entrò un soldato che riferì al generale che c'era stata un'intrusione alla cripta. Il generale Alfred, che in realtà aveva sospettato che ci fosse qualcosa che non andava, fece legare mani e caviglie a Galacticstrike seduto sulla sedia, e poi, con tutta calma, si avvicinò a lui e disse:

Generale Alfred: «E così questo sarebbe stato il vostro piano per liberare il saggio di Saturno, e cosa credevate? Di farmela sotto il naso? Ingenui!».

Galacticstrike: «A quanto pare ci hai scoperti, complimenti, generale», rispose ironicamente.

In sala giunsero le guardie con Jasmine e il saggio catturati; una di queste teneva in mano un foglio che indicava dove era nascosto il frammento, e il generale ne fu entusiasta. Rivolgendosi a Jasmine disse:

Generale Alfred: «Parlando di tuo padre, devo dire che non è altro che uno stupido vecchio. È stato fortunato che Malicious non lo abbia spedito all'altro mondo, è stato troppo buono», disse con tono arrogante.

Sentendo quelle parole, Jasmine non potè fare a meno di sputargli in un occhio. Il generale si ripulì l'occhio dallo sputo e, guardandosi la mano, strinse il pugno e sferrò un colpo diretto a Jasmine. Galacticstrike non sopportò il gesto ma si trattenne dal reagire, mentre il generale Alfred si avvicinò piano piano verso il giovane con l'intento di strappargli il Medaglione galattico. Galacticstrike cercò di fondere il metallo per liberarsi, quando il rumore di un motore interruppe la scena. Billy e i due amici fecero irruzione nel palazzo a bordo di veicoli volanti, distruggendo l'entrata del palazzo. Mentre il generale era distratto, Galacticstrike si liberò e si scagliò contro di lui con la speranza di colpirlo per soccorrere Jasmine e il saggio, ma il generale, molto abilmente, rispose con un colpo violento che scaraventò Galacticstrike a terra.

Generale Alfred: «Mi domando come abbia fatto uno come te a sconfiggere il generale Scott su Mercurio e ottenere il frammento nel grande tempio di Venere», disse spudorato rivolgendosi a Galacticstrike.

Il generale prese con sé Jasmine e il saggio e si diresse nel profondo del sotterraneo, mentre Billy e i due amici, carichi di armi, aprirono il fuoco contro i soldati e raggiunsero il piano superiore.

Carl: «È qui la festa?», disse esaltato.

Chris: «Così pochi gli invitati?».

Billy: «Dai, voglio altri fuochi d'artificio».

Billy vide Galactikestrike a terra e corsero tutti a soccorrerlo.

Chris: «E costui, Bullo, chi sarebbe?», chiese incuriosito.

Billy: «È la persona che mi ha salvato dopo avermi liberato dalla prigionia sul pianeta Mercurio dai soldati di questo maledetto Malicious».

Galacticstrike riconobbe le voci dei suoi migliori amici e si rialzò velocemente con la vista un po' annebbiata, e riprendendosi abbracciò i suoi amici, anche se ovviamente questi ultimi, non riconoscendolo, rimasero perplessi e confusi.

Carl: «Sicuro di stare bene?», chiese confuso a Galacticstrike.

Galacticstrike, imbarazzato, si allontanò da loro, ricordando che, essendo trasformato, non erano in grado di riconoscerlo, oltre al fatto di non voler svelare ancora la sua identità.

Billy: «Non sto capendo niente», disse perplesso guardando imbarazzato quanto stava accadendo.

Galacticstrike: «Billy, è successo un disastro, il generale ci ha scoperti, dobbiamo assolutamente raggiungere il sotteraneo e fermare il generale».

Intanto il generale, sempre con la fanciulla e il saggio, si inoltrava nel sotterraneo.

Saggio di Saturno: «Dimmi perché vuoi fare tutto questo, che cosa otterrai alla fine?», chiese mentre il generale lo tratteneva.

Generale Alfred: «Una volta preso il frammento, il mio Signore sarà ben contento di ricompensarmi».

Saggio di Saturno: «Devi capire che lui alla fine non ti darà mai niente! Una volta che Malicious avrà ottenuto tutti i frammenti spariremo tutti, compreso te!», disse controbattendo ma cercando di essere ragionevole.

Il generale Alfred, innervosito, lo sbattè a terra.

Generale Alfred: «Silenzio! Non sei tu a darmi gli ordini! Stammi a sentire, vecchio bacucco, una volta che Malicious avrà tutti i frammenti saremo noi a governare e portare ordine su questo sistema solare, e nessuno fermerà il grande Malicious. Ora però, vecchio, dimmi dove si trova il frammento!», rispose al saggio con impeto.

Il saggio, astutamente, gli indicò con il dito sulla mappa che il frammento segnato con il simbolo @ si trovava all'interno di quella cella.

Generale Alfred: «Se provi a farmi uno scherzo farai una brutta fine».

Jasmine: «Sakhis, non farlo!», disse a suo zio.

Saggio di Saturno: «Tranquilla cara, sto solo prendendo tempo, ora guarda e osserva, al generale toccherà una bella sorpresa», rispose il saggio sottovoce.

Intanto proprio sotto i suoi piedi e all'insaputa del generale, il saggio estrasse una mattonella del pavimento e tirò fuori il frammento, e non appena il generale fu entrato il saggio con l'aiuto di sua nipote lo chiuse dentro.

Generale Alfred: «Me lo immaginavo, vi siete burlati di me! Maledetti! Ora vi riduco in briciole così piccole che nemmeno un microrganismo vivente riuscirebbe a vedervi!».

Improvvisamente, dietro al generale apparve una strana creatura pronta ad assalirlo.

Saggio di Saturno: «Non ti preoccupare, è da giorni che la belva non mangia», disse ironico nei confronti del generale.

La belva attaccò il generale Alfred, che schivò i colpi della creatura e con un calcio sfondò la porta della cella. Tutti scapparono inseguiti dal mostro, ma il saggio inciampò facendo cadere con sé il frammento, e quando il generale se ne accorse lo raccolse, e incuriosito dal suo potere lo provò sulla creatura scaraventandola lontano con un potente flusso d'aria. In quel momento nel corridoio arrivarono i ragazzi in soccorso, e il generale provò il potere anche su di loro scagliandoli addirittura fuori dal palazzo, poi sfoderò il suo potere e, sollevato da una ventata d'aria, svolazzò in aria sentendosi sbalordito e soddisfatto dall'immensa forza del potere del frammento.

Jasmine: «Ragazzi!!!».

I giovani si ritrovarono fuori dal palazzo sommersi di macerie. Da talmente forte che era stato il colpo, la gente del paese sentì il rumore dell'esplosione, e allarmata si chiese che cosa stesse succedendo ancora al palazzo. Il generale levitando in aria rise soddisfatto:

Generale Alfred: «È arrivata la fine per voi, presto sarete schiacciati dal mio immenso potere!!!».

Intanto Galacticstrike si era rialzato pieno di rabbia:

Galacticstrike: «Tu farai una brutta fine, una brutta fine, non ti permetterò di fare del male a questa gente e nemmeno ai miei amici!!!».

Generale Alfred: «Ah ah ah!! Ma chi ti credi di essere?!».

Galacticstrike: «Io sono colui che è stato scelto per annientare quel farabutto di Malicious».

Il generale, messo alle strette dalle parole di Galacticstrike, sferrò un attacco contro di lui esclamando:

Generale Alfred: «Sparisci dalla mia vista!!!».

Galacticstrike si protesse con uno scudo di magma, e il generale generò un tornado che sollevò tutti quanti in aria compreso Galacticstrike, e quest'ultimo, pur di salvare i suoi amici e il saggio, generò una corazza. Lui, però, rimase scoperto per poter attaccare in seguito, e in questo modo rimase coinvolto nel tornado che lo ferì da tutte le parti.

Generale Alfred: «Che patetico… preferisci salvare i tuoi amici piuttosto che te stesso, guarda quante ferite ti sto procurando».

Con un'enorme forza di volontà Galacticstrike trattenne il dolore e liberò tutta la sua rabbia sprigionando il suo enorme potere, che aveva trattenuto per un bel po' di tempo; con uno sforzo enorme fece in modo di liberarsi dal tornado insidioso. Il generale rimase sbalordito, mentre il braccio destro di Galacticstrike si trasformò a poco a poco in un enorme braccio di magma. Con un balzo il giovane eroe caricò tutto il potere neutro della forza nel suo pugno destro e sferrò un colpo a piena potenza che ebbe un enorme impatto sul generale.

Galacticstrike: «Io vi annienterò!!! Io ve lo impedirò anche al costo di rimetterci la vita! Questo è per la povera gente di questo pianeta, questo è per il saggio e infine questo è per i miei amici, a cui hai provato a fare del male!!!».

Generale Alfred: «Brutto mocciosoooo!!! Aaahhh!!!».

Il generale era stato danneggiato gravemente da Galacticstrike e giaceva sfinito a terra, e anche Galacticstrike era affannato e malconcio; i suoi amici videro a terra il generale:

Chris: «È ancora vivo?».

Galacticstrike: «Temo di sì, ma penso che dopo avergli sferrato quel colpo non possa andare molto lontano».

Carl: «Ehi, strano tipo, sei forte!! Perché non la rifai quella super combo!! Se solo ci fosse Nick...».

Chris: «Non sa cosa si perderebbe, un videogioco reale».

Galacticstrike iniziò ad agitarsi, e parlando tra sé e sé mormorò:

Galacticstrike: E... e... io a quest'ora starei già giocando in camera mia con i videogiochi, se non fosse per questo».

Chris: «Eeemmm, come dici, scusa?».

Galacticstrike: «Niente niente, volevo dire che se fosse stato qui questo Nick di cui parlate tanto avrebbe visto tante combo, e avrebbe inoltre provato ad analizzare ogni singolo movimento della mia mossa... Fiuuuu, se avessi detto un'altra parola mi avrebbero scoperto... ma prima o poi lo faranno».

Carl: «Ah ah ah! Sì, vero, lo avrebbe fatto!!!».

Il generale Alfred, ancora a terra malconcio dopo il duro colpo ricevuto da Galacticstrike, aveva intenzione di azionare i satelliti cannoni verso il pianeta per distruggerlo. Galacticstrike ordinò ai suoi amici di allertare i cittadini e portarli al riparo. Raccolse il frammento, grigio come la tempesta, e ottenne così un altro potere: volò verso i satelliti cannoni e con una ventata di aria elettromagnetica combinata con gli ultimi frammenti acquisiti, spazzò via i cannoni mettendo fuori gioco l'ultima carta a disposizione del generale, che a quel punto non potè più fare più niente e dovette ritirarsi. Su Saturno tornò la pace, e gli abitanti poterono finalmente tornare alle loro case senza pensieri.

Billy: «Bel disastro, ora come farà il saggio a sistemare i danni?».

Saggio di Saturno: «Probabilmente chiederò ai miei fedeli cittadini di darmi una mano. Aspettate un momento, però, solo una cosa prima che partiate, dovete sapere che mio fratello, il saggio che vive su Urano, abita in cima a un monte. Fate attenzione, perché su quel pianeta si gela».

Galacticstrike: «Grazie per l'informazione».

Mentre i ragazzi stavano parlando con il saggio, Billy interrupe il dialogo chiamando ad alta voce:

Billy: «Nick!».

Galacticstrike si girò di scatto, e, imbarazzato, si coprì la bocca con le mani, smascherato.

Billy: «Ah, lo sapevo che eri tu! Andavi tanto di corsa a prendere un oggetto quando stavamo scappando dalla base sul sattelite di Marte…».

Gli amici erano molto sorpresi.

Chris: «Quindi sei veramente tu, Nick».

Galacticstrike, togliendosi il Medaglione Galattico, rispose:

Nick: «Già, sono proprio io, mi avete scoperto…». Chris: Ecco perché quando nominavamo Nick ti agitavi e ti ingarbugliavi con le parole. Ma perché non ce lo hai detto prima?».

Galacticstrike: «Volevo tenere nascosta ancora per un po' la mia identità, come fanno di solito i super eroi, sembrava fico! Ma invece mi avete fregato, ragazzi, mi dispiace».

Bullo: «Tu Jasmine lo sapevi, perché non ce lo hai detto?».

Jasmine: «Non volevo rovinare niente, sembrava divertente tenerlo nascosto».

Gli amici afferrarono la testa di Galacticstrike con il braccio "rasandogli" il cranio a pugno chiuso.

Carl: «Vecchio mio, ti abbiamo scoperto, bastardo!».

Galacicstrike: «E dai, ragazzi, volevo solo giocare un po'».

Saggio di Saturno: «State attenti, ragazzi, le difficoltà saranno davvero tante».

Galacticstrike: «Non temere, riusciremo a sistemare tutto in men che non si dica».

E così Galacticstrike riuscì a ricongiungersi con i suoi migliori amici, e ora tutti insieme partirono per una nuova avventura.

Uno scienziato piuttosto bizzarro

Galacticstrike, Billy, Jasmine, Carl e Chris si trovarono su Nettuno, un pianeta prevalentemente sommerso delle acque, in piedi su una piattaforma solida e ghiacciata a discutere su quale fosse la direzione migliore da seguire. Galacticstrike osservò il suo Medaglione Galattico che stava illuminandosi indicando l'iceberg che spuntava dall'acqua, ma qualcuno di loro non sembrava molto convinto.

Galacticstrike: «Guarda, il mio Medaglione Galattico si sta illuminando verso quella direzione».

Carl: «No, in mezzo all'oceano non ci voglio andare, non voglio essere lo spuntino di quei giganteschi esseri marini…».

Chris: «Dai, di che cosa hai paura?! Come minimo ti mangeranno come antipasto».

Carl: «Ciao, è stato bello conoscervi, io me ne ritorno a casa».

Chris: «Dai, perché non ti vai a fare una nuotatina?!».

Afferrò Carl e lo spinse dentro l'oceano gelido. Il ragazzo fece un balzo ritornando sulla terraferma, tremando dal freddo e con un pesce attaccato al sedere. Galacticstrike e Bullo risero a crepapelle per la scena buffa.

Billy: «Ma dai, non mi dire che quel coso ti ha fatto male!».

I ragazzi si fermarono su quella piattaforma per procurarsi un po' di cibo, e dal momento che l'oceano era popolato da pesci si misero a pescare, ma come?

Galacticstrike: «Ci servono assolutamente delle canne o qualcosa di simile».

Billy: «Altrimenti non si pesca!».

Chris: «E tanto più non si mangia!».

Jasmine: «Ragazzi, ho capito, ho capito, vi procurerò io delle canne, OK?».

Jasmine, con i suoi soliti poteri, dai palmi delle mani fece comparire delle piante lunghe e robuste simili a bambù: prima lo fece per Billy, poi per Carl, poi per Galacticstrike e infine per Chris.

Galacticstrike: «Finalmente! Ora, amici miei, si comincia a pescare!».

Nel frattempo, mentre i ragazzi stavano pescando, un altro generale li stava osservando dal monitor del suo laboratorio, impaziente di incontrarli di persona. Nessuno sapeva ancora quali fossero i suoi piani.

Generale Jester: «Ah ah ah, guarda guarda chi abbiamo qua, la figlia del saggio di Giove, il prigioniero liberato su Mercurio e gli altri due su Saturno», disse zoomando la visuale sul monitor, e aggiunse:

Generale Jester: «Abbiamo pure il famigerato Galacticstrike… Bene bene, lo sento, oggi sarà il mio giorno fortunato! Presto li avrò in pugno, e poi Malicious mi ricompenserà!».

Quando i ragazzi stavano pescando Bullo vide un pesce particolare, si avvicinò con l'intento di accarezzarlo. ma ad un tratto il "pesce" si trasformò in una creatura marina dalle grosse dimensioni: quel "pesce" non era altro che "il cappello" della creatura, il cui scopo serviva a trarre in inganno le sue prede. Bullo sbiancò completamente dalla paura.

Galacticstrike: «Presto, tutti in acqua! Seguiamo il medaglione! Jasmine, crea dell'ossigeno!».

Jasmine: «Ecco, tenete!».

Galacticstrike: «Andiamo, entriamo in quella grotta!».

Il mostro marino li stava inseguendo con ferocia.

Carl: «No! Non mangiarmi, ti prego!».

Chris: «Mi sa che se continuano di questo passo veramente diventeremo il suo spuntino…».

Galacticstrike: «Silenzio tutti e nuotate!».

I ragazzi nuotarono sott'acqua a più non posso, ma non riuscivano a fare del loro meglio perché il mostro marino era molto veloce e aggressivo, disorientando i fuggitivi.

Galacticstrike: «Provo a sfoderare questo colpo, vediamo se riesco a guadagnare un po' di tempo».

Galacticstrike era in posizione, caricò il pugno, concentrò tutto il suo potere, e nel momento in cui il mostro marino era vicinissimo a lui lanciò il suo colpo micidiale sul muso dell'orrenda creatura, facendole perdere temporaneamente i sensi e facendole uscire sangue dal naso.

Jasmine: «Stai giù, brutto bestione!», disse esaltata.

Ma il mostro non era come pensava Galalacticstrike, perse coscienza solo per un attimo e si rialzò subito. Il piano di Galacticstrike di tramortirlo e guadagnare tempo era fallito.

Galacticstrike: «No, non ha funzionato! Dannazione! Anche se il mio è stato un bel colpo, ha avuto poco effetto su di lui», disse amareggiato.

Al nostro eroe non rimase che pensare solo a una cosa:

Galacticstrike: «Ascoltatemi, quando il mostro carica e ci farà di nuovo sbandare, attaccatevi a lui».

Carl: «Io… a dir la verità…».

Galacticstrike: «No, caro mio, non voglio scuse questa volta!».

I ragazzi bene o male avevano afferrato il concetto: dopo avere aspettato il momento giusto, il mostro caricò di nuovo i giovani, che si scansarono ai lati lasciando campo libero al mostro marino, e subito si attaccarono al suo corpo facendosi trasportare fino alla grotta.

Galacticstrike: «Tenetevi forte! Siamo quasi arrivati!».

Finalmente tutti quanti entrarono nella grotta, si staccarono dalla belva e si diressero nel punto che indicava il medaglione. Quando si trovarono più al sicuro, Carl, Chris e Billy quasi svennero dalla paura, e la fanciulla, rimasta senza parole, si mise una mano sulla fronte come per proteggersi.

Galacticstrike: «Che ne dite se ci fermiamo qui per il momento?».

Dopo aver proposto la cosa, Galacticstrike si accorse che i suoi amici lo avevano preso in parola già da prima e stavano cadendo addormentati, eccetto Jasmine, che disse:

Jasmine: «Non hai fatto a parlare che loro si sono già messi a dormire, che gente…».

Galactistrike: «Eh, niente, come non detto, sistemiamoci qui e riposiamo un po'».

Passò un po' di tempo, e mentre Jasmine, Billy, Carl e Chris dormivano Galacticstrike non riuscì a riposare nemmeno un minuto, perché era troppo preso a sentire Carl mentre parlava nel sonno:

Carl: «No, non mi mangiare pescione, non sono buono… no, stammi lontano, ho ancora una vita davanti a me».

Galacticstrike si avvicinò a lui:

Galacticstrike: «Ora ci penso io a dargli una scossa, a questi fifoni».

Con una scarica elettromagnetica fece riprendere conoscenza a Carl, e Billy, purtroppo, venne coinvolto anche lui.

Carl: «Aaahhh! Ehi, Galacticstrike, vuoi farmi prendere un infarto!!!».

Chris: «Belli addormentati, finalmente vi siete svegliati!».

Billy: «Ehi, ma dove siamo finiti… fico questo posto».

Carl: «Io spero solamente che qui saremo al sicuro…».

La grotta era completamente asciutta, come se l'entrata fosse separata dal fondale immerso dall'acqua.

Jasmine: «Secondo me c'è qualcosa di strano… Avete notato che la grotta non è inondata dall'oceano?», disse insospettita.

Galacticstrike si avvicinò all'ingresso della grotta, e toccandolo disse:

Galacticstrike: «Sì, vero, è come se qualcuno avesse messo una barriera, solo con la mano puoi attraversare, mentre l'acqua viene trattenuta all'esterno. Secondo me c'è lo zampino di una persona non gradita alla nostra vista».

Carl si appoggiò casualmente su una parete, attivò accidentalmente una botola e cadde giù di conseguenza.

Carl: «Aaahhh!».

Galacticstrike e i suoi amici si guardarono intorno per vedere dove fosse finito il loro amico.

Galacticstrike: «Carl! OK, controllate tutti le pareti, e occhi bene aperti!».

Continuarono a tastare la parete per vedere se la botola si riapriva di nuovo, Ma non c'era nessuna traccia di un pulsante o di qualcosa di simile. Intanto, Galacticstrike sembrava impaziente, e come un matto si mise a cercare da tutte le parti.

Galacticstrike: «Dannazione!!! Dobbiamo trovare un altro passaggio…».

Billy: «Non c'è nulla da fare. Non sembra che ci siano altre vie in questa grotta, nessun pulsante… nulla, niente di niente».

Bullo rimase seduto fino a quando, pure lui, cadde nella botola.

Galacticstrike, Chris e Jasmine: «Billy!!», gridarono sconcertati.

Prima Carl, e poi Billy, e poco dopo, quando Jasmine si fermò un attimo rattristita per la scomparsa dei ragazzi, cadde anche lei.

Chris: «Abbiamo perso Jasmine, Billy e Carl, e ora a chi mai toccherà?!», disse tremando di terrore.

Galacticstrike: «Qui ci deve essere per forza qualcosa… Vieni fuori! Fatti vedere, vigliacco! So che sei stato tu!».

Dall'altra parte c'era ancora il generale Jester, lo scienziato che stava ancora osservando la scena, che sghignazzando disse:

Generale Jester: «Hi hi hi, se proprio insisti…».

Premette il pulsante e fece cadere anche Chris.

Galacticstrike, disperato, cercò di salvarlo, ma non potè fare nulla al riguardo.

Trascorse qualche ora e Galacticstrike era al limite, aveva fatto di tutto per scoprire l'origine della causa che aveva fatto scomparire i suoi amici nella botola.

Galacticstike: «Perché non sono riuscito a salvare il mio amico?! Anzi, perché stavolta non ce l'ho fatta a salvare tutti?!».

Dopo essersi incolpato, Galacticstrike si alzò completamente e si rivolse ancora una volta alla fonte:

Galacticstrike: «Sì, dico a te, razza di bastardo! Ridammi i miei amici, o finirai davvero male!».

La sua richiesta si avverò: davanti a lui comparvero un monitor e uno scienziato, e per la prima volta Galacticstrike incontrò Jester, il generale scienziato di Malicious, tuta da laboratorio, con il classico stemma simbolo dell'esercito e con gli occhiali da sole. Jester si mostrò a Galacticstrike e disse:

Generale Jester: «Salve "eroe", saresti tu il "famoso" Galacticstrike, di cui il grande Malicious mi ha parlato tanto?».

Galacticstrike: «Dove sono finiti i miei amici?!».

Generale Jester: «I tuoi amici, dici… mmm, fammi pensare… ecco, i tuoi amici…».

Jester, lo scienziato pazzo di Malicious, azionò i comandi, e dal sottosuolo comparvero gli amici rinchiusi in una specie di cupola.

Jasmine, Billy, Carl e Chris: «Galacticstrike, aiuto!!!», gridarono dalla loro prigione.

Mentre gli amici disperati chiedevano aiuto a Galacticstrike, il generale Jester, rivolgendo la parola al nostro eroe, disse di nuovo euforico:

Generale Jester: «Sembra che i tuoi amici stiano ancora bene… Ehi, di cosa ti preoccupi?! Beh, ora ti dovrai preoccupare, perché in questo momento ti vorrei proporre una cosa… Se vuoi rivedere sani e salvi i tuoi amici mi dovrai consegnare i frammenti che possiedi, altrimenti…».

Galacticstrike: «Farabutto, non te li darò mai, i frammenti!!!».

Generale Jester: «OK, se è quello che vuoi perché non provi a venire a salvare i tuoi amici… sempre che tu ci riesca, ah ah ah !! Ecco, ho aperto il portale, entra, su, non fare il timido, il tempo sta scadendo e i tuoi amici moriranno!!!».

Jester diede libero accesso al suo laboratorio a Galacticstrike, solo se fosse riuscito a trovarlo. Galacticstrike, in preda alla furia, entrò nel portale e proseguì diritto. Lungo il cammino incontrava dei robot combattenti e li abbattè ad uno ad uno, ma ogni volta che lo faceva i robot continuavano a comparire.

Galacticstrike: «Maledetti robot, mi fate solo perdere tempo!».

Generale Jester: «Dai, coraggio Galacticstrike, non siamo qui a prendere una tazza di tè con gli amichetti. Ah, giusto, i tuoi amichetti sono qui con me, che sbadato».

Galacticstike era alle prese con un vero e proprio labirinto, e ovunque andava trovava una squadra di robot pronti ad assalirlo. Corse avanti, un vicolo cieco, corse a sinistra, sempre un vicolo cieco, corse a destra, vicolo cieco… Non smise di correre, ma finì con il ritrovarsi al punto di partenza.

Galacticstrike: «Vediamo se questo lo butterà giù», disse provando a usare tutti i suoi poteri, accorgendosi poi che i suoi poteri non avevano effetto sulle pareti del labirinto. Intanto, Jester godeva nel vedere Galacticstrike in difficoltà.

Generale Jester: «Tic tac, Tic tac, il tempo scorre, e le celle, con i tuoi amci dentro, saranno completamente riempite d'acqua».

Galacticstrike osservò i robot e andò loro incontro, distruggendoli uno alla volta. Trovato il portale, disse a Jester:

Galacticstrike: «Ora che hai da dire?! Presto ti verrò a prendere a calci in culo, scienziato da strapazzo!».

Galacticstrike, dopo avere sconfitto i robot, finalmente entrò nel laboratorio.

Generale Jester: «Vedo che sei riuscito a trovare il laboratorio. Ti faccio i miei complimenti. Guardali, i tuoi amici, le loro vite sono appese a un filo... anzi, ben presto annegheranno nella loro cara futura tomba».

Galacticstrike corse verso i ragazzi prigionieri con tutte le sue forze.

Galacticstrike: «Amici, sono venuto a salvarvi!!! Aaahhh!!!».

Provò e riprovò a colpire le cupole per distruggerle, ma venne respinto continuamente da una barriera che le proteggeva.

Generale Jester: «Ah ah ah, è inutile!!! Non riuscirai a distrugggere quella barriera, razza di idiota!!!».

Galacticstrike, innervosito sempre di più, afferrò lo scienziato per il camice colpendolo varie volte. Superato il limite della sopportazione, la rabbia esplose in lui, e Galacticstrike sprigionò un'enorme energia elettromagnetica mandando in palla tutto il sistema del laboratorio e liberando i suoi amici. Jasmine, Billy, Carl e Chris furono liberi.

Jasmine: «Grazie, Galacticstrike, però potevi essere un po' più veloce, eh».

Chris: «Ha ragione, fanciulla, troppo lento», disse dando corda a Jasmine.

Billy: «Galacticstrike, dagliene quattro da parte mia!».

Il generale Jester era molto preoccupato per come Galacticstrike aveva ridotto il suo laboratorio con le scariche elettromagnetiche.

Generale Jester: «Che cosa hai fatto?! Il mio povero laboratorio! I prigionieri!».

Lo scienziato, allo stremo, azionò un comando che blindava qualsiasi via d'uscita e, intrappolando i ragazzi all'interno del laboratorio, cantò vittoria, mentre faceva entrare l'acqua nel laboratorio.

Generale Jester: «Mi dispiace, ma per voi è la fine, non uscirete vivi dal mio laboratorio. Lo vedi questo frammento? Beh, l'ho usato per controllare una vostra vecchia conoscenza».

Lo scienziato possedeva il frammento, cristallino come l'acqua, e richiamò la creatura marina su cui aveva il pieno controllo. Carl, appena vide di nuovo il suo incubo, cambiò d'un tratto colore, e nascondendosi dietro a Chris disse:

Carl: «No, di nuovo la creatura marina! Galacticstrike, non potevi metterla a tacere per sempre quando ne avevi l'opportunità?».

Galacticstrike: «Ti ricordi che i miei colpi non avevano effetto sulla creatura, vero?».

Billy: «Ora siamo praticamente chiusi dentro, con l'acqua che aumenta a dismisura e con un un mostro enorme davanti a noi… Cosa volevamo di più?!».

Generale Jester: «Scusatemi ragazzi, ma ho una certa fretta, con permesso…».

E il generale uscì dal laboratorio.

Galacticstrike non vedeva l'ora di confrontarsi di nuovo con la creatura. Una volta che il laboratorio fu completamente inondato, Jasmine dovette di nuovo fornire bolle di ossigeno ai ragazzi. Intanto, la creatura marina entrò nel laboratorio sott'acqua,

Galacticstrike: «OK, scappa pure, scienziato, in quanto a te, bestia…».

Galacticstrike di certo non si tirò indietro, e con il potere del magma sferrò un pugno stordendo per un attimo la creatura. Lo scienziato, mentre stava lasciando il laboratorio, fece cadere accidentalmente dalle mani il frammento. Galactstrike, accorgendosi dell'enorme sbaglio, notò subito il frammento e se ne impossessò. La creatura marina intanto aveva ripreso coscienza, ma con il frammento in mano Galacticstrike ebbe il controllo sulla belva.

Galacticstrike: «Avanti, salite tutti!», disse incoraggiando i suoi amici.

Carl: «Non ci penso nemmeno!».

Galacticstrike: «Non ricominciare con questa storia, se vuoi uscire di qua mi devi dare ascolto. Preferisci rimanere qui e a marcire oppure salire su questa creatura ormai docile? Scegli».

Carl ci riflettè un attimo, fino a convincersi di dare ascolto al suo amico.

Carl: «OK, hai ragione anche questa volta».

Adesso tutti erano a bordo sul dorso della creatura marina, che sfondò la parete del laboratorio uscendo dalla struttura. Intanto lo scienziato, che era già fuori e stava fuggendo sulla sua navicella, si controllò le tasche, ma il frammento lo aveva perso… Sclerando disse:

Generale Jester: «Aaagggrrr! Come ho fatto a perdere il frammento?!».

La creatura gli comparve da sotto all'improvviso urtando la navicella, e fece andare fuori controllo il generale abbattendolo.

Generale Jester: «Perché oggi mi va tutto così storto?!», disse disperato.

Billy: «Yaahuu! Ben ti sta, pagliaccio!».

Chris: «Brava bestiola, hai fatto proprio un bel lavoro».

Galacticstrike: «Amici miei, quello scienziato non era solo strambo, ma anche stupido. No, ma dico, come si fa a lasciar cadere il frammento?».

Jasmine: «Puoi ben dirlo! Diceva di averci in pugno, quando al contrario è stato abbattuto dalla sua stessa creatura».

I ragazzi scesero dalla creatura marina ringraziandola del passaggio, nonostante Carl avesse ancora paura.

Carl: «Certo, grazie del passaggio, ma preferisco comunque starti lontano, OK?».

Mezz'ora dopo, a bordo del veicolo spaziale, i ragazzi lasciarono il pianeta, proprio mentre il generale Alfred, volando nei pressi, si accorse che qualcuno stava chiedendo aiuto in mare. Si avvicinò per vedere chi fosse, ed era proprio il suo collega, il generale scienziato Jester.

Generale Alfred: «Ehi, che ci fai in mare?!».

Generale Jester: «Fammi salire che te lo spiego», disse con tono insoddisfatto, deluso e allo stesso tempo arrabbiato. Una volta salito sull'astronave Jester raccontò che cosa gli era successo:

Generale Jester: «Dei mocciosi si sono presi gioco di me! Ho bloccato tutte le uscite e quel Galacticstrike ha liberato con i poteri dei frammenti i suoi amici. Ho inondato la stanza, e quando ho cercato di scappare accidentalmente ho lasciato cadere il frammento; Galacticstrike ha usato la mia bestia... ed eccoci qua!».

Generale Alfred: «E ora che abbiamo fallito entrambi come glielo spieghiamo al capo?».

I due generali si diressero verso la base principale di Malicious, dove quest'ultimo li ricevette.

Malicious: «Oooh, vedo che siete tornati, allora, cari miei, avete i frammenti?».

Generale Alfred: «Beh, ecco, a dire la verità, non ce li abbiamo», rispose incerto.

Malicious: «Come no!?».

Generale Jester: «Abbiamo provato a fermarli, ma quel Galacticstrike è stato più bravo di noi».

Malicious riflette per un po', e quindi decise di giocare a modo suo, chiamando un altro generale, Kant, che poco dopo entrò nel salone.

Generale Kant: «Eccomi, mio Signore», disse inchinandosi.

Malicious: «Voglio che tu lo faccia cadere, questo Galacticstrike, voglio vederlo strisciare come un verme!».

Generale Kant: «Come desidera, mio Signore, farò del mio meglio».

La paura, come il ghiaccio

Galacticstrike e gli altri, arrivati su Urano, si trovarono di fronte un monte.

Billy: «E ora che l'astronave è danneggiata come facciamo?».

Galacticstrike: «Niente, andiamo avanti, troviamo il saggio e chiediamo se ci può prestare la sua attrezzatura».

Jasmine: «Il saggio ci ha accennato dicendoci che il saggio di Urano vive in cima a quel monte».

Carl: «Ma dobbiamo proprio?! Ci metteremo un'eternità ad arrivare!».

Galacticstrike: «Non ti preoccupare, cosa vuoi che sia?!».

Carl: «Contento te…».

Chris: «Fa freschino qua, eh…».

Procedendo verso il monte, ai primi passi che fecero si trovarono sotto a un'arcata di ghiaccio, superata la quale si imbatterono in una bufera di neve. I ragazzi facevano una fatica bestiale, con il vento forte che li rispingeva e la visuale totalmente sbarrata a causa del muro di neve. Superato anche questo spiacevole inconveniente trovarono degli animali strani e gelati simili a orsi polari ma di ghiaccio, e farfalle di cristallo.

Carl: «Galacticstrike! Preparati, ho una sorpresa per te!».

Carl stava per raccogliere la neve per farci una palla, ma per sbaglio raccolse un riccio glaciale i cui aculei sono stalagtiti, e urlò a squarciagola:

Carl: «Aaahhh!».

Billy: «Sshssh, fai silenzio, potresti far scatenare una… valanga!».

Galacticstrike: «Ecco, bravo, sai che vi dico? CORRETEEEEEEEE!!».

Tutti si misero a correre all'impazzata per allontanarsi dalla valanga che si era improvvisamente staccata dalla montagna, e infine raggiunsero il villaggio. I ragazzi, dopo un lungo cammino, vennero ospitati in modo caloroso in un paese. Le persone avevano la pelle di un colore d'anice e si vestivano come se fosse estate, in quanto il gelo aveva abituato i loro corpi alla temperatura bassa.

Freezee: «Ciao forestieri, io sono Freezee, e voi chi siete?».

Galacticstrike: «Io sono Galacticstrike, lui è Bullo, lei è Jasmine, e questi sono i miei migliori amici, Carl e Chris».

Carl e Chris: «Brrrrrrr… p.p.p.iac.c.e.rrr.e nostroo…», risposero infreddoliti.

Freezee: «Dai su, entrate, vi offro da bere».

Jasmine: «Ho notato che avete uno strano modo di produrre energia, come fate?».

Freezee: «Noi traiamo energia dal freddo. Beh, so che per voi è complicato, ma per noi il freddo è una cosa normale, noi mangiamo qualsiasi cosa che sia gelata; guarda, ad esempio, io prendo un alimento qualsiasi, lo metto in un congelatore e aspetto che l'alimento si ghiacci completamente. Anche le nostre abitazioni sono di cristallo ghiacciato, tutto è cristallino qui».

Billy: «Aiuto! Ho la lingua incollata!», disse Bullo per essersi incastrato la lingua nella bevanda ghiacciata.

Freezee: «Allora, perché siete venuti qui?».

Jasmine: «Siamo venuti per scalare la montagna e incontrare il saggio eremita».

Freezee: «Eeehhh… ora vi racconto. Il saggio è sempre rimasto là in cima alla montagna, e si sposta solo quando è annoiato, ma solo rare volte. L'ultima volta che è sceso fu quando dovette unire la sua forza con quella degli altri saggi per contrastare Malicious».

Galacticstrike: «Qualcuno ha mai provato a scalare la montagna?».

Freezee: «Sì, certo! Ma pochi ci sono riusciti».

Galacticstrike: «Mmm… ho capito».

Galacticstrike e Jasmine si alzarono dalla sedia e si diressero verso l'uscita.

Freezee: «Ah, una cosa!».

Galacticstrike: «Dai ragazzi, andiamo!».

I giovani stavano ancora aiutando Billy a liberarsi dal bicchiere che si era incastrato, e Galacticstrike e Jasmine ne furono imbarazzati. Senza prestare attenzione a quello che voleva dire Freezee, uscirono salutandola e si misero in cammino verso il monte. Arrivati davanti al monte scalarono la montagna imbattendosi in una marea di ostacoli, bufere di neve, venti glaciali, e durante la scalata Jasmine scivolò giù. Galacticstrike, per salvarla, decise di lanciarsi in picchiata, mentre Billy e i due amici osservavano la scena.

Bullo: «Wow! Attento a non schiantarti! Ma questo è fuori!».

Galacticstrike riuscì ad afferrare la ragazza e ad aggrapparsi a una sporgenza della montagna. Una volta che Jasmine fu al sicuro, Galacticstrike riprese la scalata portandosela sulle spalle, e con due-tre slanci recuperò gli altri.

Galacticstrike: «Non riesco a usare i poteri».

Jasmine: «Ma per quale motivo?».

Galacticstrike: «Questa montagna ha una caratteristica che non permette ai possessori di frammenti di scalarla, eccetto il Medaglione Galattico, perché se la montagna impedisse il potere del Medaglione Galattico ora non avrei queste sembianze, e a pensarci bene Freezee voleva dirci questo quando stavamo uscendo».

Jasmine: «Quindi dovrai fare a meno dei tuoi poteri?».

Galacticstrike: «Esatto… ma dovrò comunque continuare a scalare; non posso portarvi tutti anche se ho la super forza, rischierei di perdervi per strada. Dovremo scalare normalmente».

La scalata si fece a mano a mano sempre più difficile, i venti diventavano sempre più violenti, ma nonostante tutto i ragazzi riuscirono a raggiungere la cima, dove una figura comparve davanti a loro, un uomo basso con i baffi lunghi che indossava un abito bianco simile a quelli dei monaci buddisti. I ragazzi alzarono gli sguardi affaticati, e il saggio, con aria poco accogliente, disse:

Saggio Kesshõ: «Voi chi siete?».

Jasmine: «Io sono Jasmine, la fanciulla, ti ricordi di me?».

Saggio Kesshõ: «Jasmine? Non mi dice nulla! Che cosa volete?».

Carl: «Questo ha le rotelle fuori a posto».

Galacticstrike: «Noi siamo venuti per recuperare il frammento».

Saggio Kesshõ: «Il frammento? Lo avrete solo se ne sarete degni, venite con me».

Il saggio invitò Galactikstrike e gli altri al palazzo. Il palazzo, un'enorme costruzione con un lungo corridoio che portava al centro di una sala, era molto simile ai templi giapponesi, cristallino e con delle sfumature azzurre.

Billy: «Ehi, vecchio, ti tratti bene qui».

In realtà il saggio fingeva di non riconoscere sua nipote, e presto volle mettere alla prova ognuno di loro.

Galacticstrike: «E ora che si fa?», chiese rivolgendosi al saggio.

Il saggio di scatto creò una stanza illusoria.

Galacticstrike: «Ehi, cos'è questa cosa?!».

Saggio Kesshõ: «Questa è una camera illusoria».

Galacticstrike: «E cioè?».

Saggio Kesshõ: «Se volete il frammento dovrete superare una prova, in pratica dovrete superare le vostre paure».

Carl: «Speriamo bene…».

Chris: «Già, speriamo bene».

Jasmine: «Zio, perché fai questo?».

Saggio Kesshõ: «Io non so chi tu sia, ragazzina», rispose rimanendo indifferente.

Carl: «Paura? Io non ho paura, di che cosa dovrei avere paura?», disse facendo finta di niente.

La camera era buia ed enorme, e non si percepivano né il tempo e né lo spazio. I ragazzi erano spaesati, quando dal buio comparve una nuvola e per Carl, nonostante dicesse di non avere paura, la nuvola oscura prese la forma del mostro marino in cui si era imbattuto sul pianeta Nettuno, e la stanza anch'essa prese la stessa forma del posto dove lui e gli altri avevano incontrato per la prima volta il mostro, in quell'isoletta sul pianeta Nettuno. Carl, tremante di paura, continuava a ripetere:

Carl: «Tu non sei reale, ora mi tolgo "la realtà virtuale"… Cavolo, ma perché non si spegne questo affare?!».

A quel punto Carl continuava a credere come un disperato che tutto quello che stava affrontando era "reale", ma il saggio gli parlò e gli spiegò:

Saggio Kesshõ: «Carl, quello che vedi non è reale, è tutto chhe sta nella tua testa».

A Jasmine, nel frattempo, erano comparse davanti tutte le persone a lei care, che però svanivano piano piano.

Jasmine: «Padre, e anche tu, madre, non ve ne andate! Galacticstrike! Billy, Carl, Chris, zii!! Non abbandonatemi, vi prego!».

Saggio Kesshõ: «Non temere, queste visioni sono solo il frutto della tua mente. Se vuoi sconfiggere la tua paura devi farlo con coraggio, non dimenticare l'amore per le persone alle quali vuoi bene».

Jasmine: «Sì, lo so, ma è troppo difficile».

Saggio Kesshõ: «Mi dispiace per la perdita di tua madre, tu eri molto piccola».

Jasmine: «Mi manca da morire…».

Saggio Kesshõ: «Lo so! Ma sappi che lei ti ha voluto davvero bene».

A Billy era toccata la paura più profonda, il triste ricordo di suo padre, il male fatto persona, che se ne era andato di casa dopo continue minacce alla sua famiglia. Billy non aveva mai smesso di ricordare quei momenti brutti, aveva passato uno dei periodi più terribili della sua infanzia.

Billy: «No, padre, lasciaci in pace!».

Padre di Billy: «Perché dovrei, figlio mio, tu e tua madre siete delle nullità per me... Ah, sai cosa faccio? Ora mi divertirò a torturarvi come ho sempre fatto!».

Billy: «Ma cosa dici? Tu non stai bene!».

Padre di Billy: «Io non sto bene? Io sto a meraviglia! Dimmi piuttosto tu come stai... non mi sembri in forma, la paura sta prendendo il sopravvento su di te, e questo è un bene, guarda come tremi».

Billy: «No! Lasciami in pace! Vai via!», gridò tremando disperato dalla paura.

Arrivò il momento anche per Chris, che invece aveva una classica fobia per i serpenti, ma nulla di speciale, non come Carl, che piagnucolava come una femminuccia. Galacticstrike doveva invece affrontare faccia a faccia i suoi problemi, il peso della responsabilità gli era caduto addosso come un macigno da 1000 tonnellate. Aveva paura di non farcela, di non riuscire a portare a termine ciò che si era ripromesso di fare: sconfiggere Malicious e portare in salvo la sua gente, specialmente i suoi genitori. Era bersagliato da voci nella sua testa: "Non ce la farò mai", diceva a sé stesso, nella stanza comparve Malicious che continuava a digli "Tu non mi sconfiggerai mai", anche i suoi genitori se la prendevano con lui dicendo "Guarda cosa ci hai fatto! Per colpa tua siamo diventati degli schiavi! Ci hai delusi!". Galacticstrike era tormentato dai pensieri.

Galacticstrike: «Io ho fallito! Mi dispiace! Non volevo!».

Il giovane ripeteva queste parole all'infinito incolpandosi di ciò che sapeva di non avere fatto, ma a un certo punto il saggio intervenne:

Saggio Kesshõ: Giovanotto! Ricordati che ciò che stai vedendo sono le tue preoccupazioni, le tue paure più profonde! Rifletti! E ricorda la tua missione, la paura non è altro che un sentimento che ci vieta di guardare al futuro, non è che una barriera dell'anima, spesso la paura ci condiziona, ci manipola facilmente creando una realtà distorta, una finta prospettiva del futuro, la paura è proprio come questa stanza... un'illusione. Ti fa credere che tutto ciò che stai facendo è completamente sbagliato, ma non è vero! E lo sai il perché? Pensaci, rifletti, ricorda la tua missione e confrontala con quello che stanno dicendo contro di te».

Galacticstrike, ancora in preda alle sue paure, ascoltò attentamente le parole del saggio e ne prese atto.

Galacticstrike: «OK, ci proverò... Voi, mamma e papà, non sarete più schiavi, e sapete perché? E in quanto a te, Malicious, verrò lì e ti farò tremare di paura tanto da farti inginocchiare a terra, mi supplicherai di fermarmi, ma io ti farò passare l'inferno! Il futuro me lo creo con il presente!».

Il saggio, entusiasta per la reazione di Galacticstrike, annullò l'effetto della camera illusoria liberando il giovane, e Galacticstrike riuscì così a superare le sue paure. In quanto agli altri, Carl stava affrontando la sua paura del mostro marino di Nettuno, e mentre lui era rannicchiato a conchiglia impaurito il mostro gli si avvicinò e all'improvviso si mise a leccargli il viso. Carl, terrorizzato, esclamò:

Carl: «Non mangiarmi, ti prego, non sono buono!».

Il mostro gli leccò il viso, sluurp!

Carl: «Ma come... tu... sei buono... io pensavo, dannata paura! Tu sei affettuoso, vuoi fare amicizia!».

E così anche Carl sconfisse la sua paura.

Jasmine, affogata nei suoi rimorsi, piano piano risalì in superficie grazie alle parole del saggio, ovvero suo zio, il quale la aiutò a comprendere che lei non era sola e non lo sarebbe mai stata, perché sua madre sarebbe stata sempre nel suo cuore. Chris sconfisse la sua paura per i serpenti dopo averne preso uno e averci fatto un fiocchetto, facendoci nodi su nodi. Billy invece sembrava molto critico, più suo padre continuava a minacciarlo e a insultarlo, più la sua rabbia aumentava a dismisura! Alla fine si alzò in piedi e con forza gridò:

Billy: «Io non sono te! Io non sono te! In tutti questi anni mi sono nascosto, ho dovuto farmi da scudo e assumermi le mie responsabilità, ma purtroppo scaricavo il mio dolore sugli altri. Pensavo che in questo modo potessi dimenticare, ma mi sbagliavo, perciò... ESCI DALLA NOSTRA VITA!!!!».

Dal nulla la sua rabbia il suo coraggio sprigionati fecero svanire la camera illusoria e Billy superò la prova, ma rimase comunque scioccato e turbato. Il saggio Kesshõ si avvicinò ai ragazzi:

Saggio Kesshõ: «Bravi, davvero un ottimo lavoro!», esclamò.

Jasmine si avvicinò a suo zio e disse sottovoce:

Jasmine: «Grazie, zio, per avere fatto finta... dopo facciamo i conti».

Il saggio imbarazzato rispose:

Saggio Kesshõ: «Scusami, non era mia intenzione, davvero, l'ho fatto solo per una giusta causa, e poi dai, insomma!».

Quindi il saggio si rivolse ai ragazzi invitandoli a partecipare a un banchetto in loro onore. La festa ebbe inizio, e mentre tutti stavano mangiando e parlando, Bullo si assentò un attimo. Galacticstrike capì che qualcosa non andava, perciò lo seguì e gli domandò che cosa stesse accadendo.

Galacticstrike: «Billy, tutto a posto?».

Billy: «A te che ti importa?!».

Galacticstrike: «A un tratto sei diventato strano, non ci parli più, è stato forse a causa della camera illusoria? Ti ha scombussolato i ricordi...».

Billy: «Che cosa ti interessa? Stammi lontano, tu non sai che cosa ho passato, pensi di sapere tutto, e invece non sai un bel niente!».

Galacticstrike: «OK, fai come ti pare, sappi che invece so esattamente come ti senti, ma se vuoi che non ti aiuti, allora arrangiati!».

Gli altri, che avevano sentito il loro battibbecco, chiesero che cosa fosse successo, e Galacticstrike rispose:

Galacticstrike: «Dobbiamo aiutarlo, è ancora un po' traumatizzato dal ricordo comparso durante la prova…».

Mentre Billy faceva i fatti suoi, da dietro l'angolo comparve una figura. La sua voce era quella del generale Kant, che rivolgendosi a Billy tentando di persuaderlo disse:

Generale Kant: «Bullo, dico bene?».

Bullo: «E tu che vuoi?», rispose arrogante.

Generale Kant: «Non ha importanza. I tuoi amici sono veramente sinceri con te? Tranquillo, voglio solo aiutarti».

Bullo: «OK, dai, cos'hai da offrirmi?».

Generale Kant: «Io? Solo la verità e nient'altro che la verità. Sei veramente sicuro che Galacticstrike sia la persona che conosci veramente? Oppure una persona falsa che finora ti ha usato solo per ottenere i frammenti?».

Billy: «Sì, hai ragione, lui finora ha solo pensato ai suoi maledetti frammenti! Voleva confortarmi convinto di conoscere il mio passato… E poi quella ragazza che si atteggia dicendo "Salve, io sono la figlia del saggio di Giove"… gliele brucerei quelle piante!».

Billy, in preda alla rabbia, salì a bordo della nave spaziale del generale. I ragazzi, compreso Galacticstrike, sentirono il rumore e videro l'astronave intuendo che il loro amico era nelle grinfie del generale, e proprio quando uscirono dal palazzo trovarono un biglietto da parte di Billy con scritto "Non mi cercate", e dopo il punto c'era il simbolo stampato di Marte.

Il saggio si rivolse a Galacticstrike:

Saggio Kesshõ: «Un attimo, prima che tu vada! Ecco, questo è il tuo premio, puro come il cristallo e bianco come la neve.».

Galacticstrike: «Il frammento!».

Saggio Kesshõ: «Abbine cura».

Subito dopo Jasmine lo abbracciò, e il saggio le disse parole confortanti:

Saggio Kesshõ: «Stai attenta! Mi raccomando, ricordati che non sei sola e non lo sarai mai».

Jasmine: «OK zio, sarò prudente, ci vediamo, ciao!».

Il saggio lanciò a Galacticstrike l'attrezzatura per riparare l'astronave, e con uno schiocco delle dita teletrasportò i ragazzi direttamente al veicolo. Dopo avere riparato l'astronave, i giovani partirono di corsa verso Marte per salvare il loro amico dalle fauci del generale strizzacervelli, e quest'ultimo li aspettava con ansia.

Giochi mentali

I ragazzi atterrarono su Marte e vennero accolti da una marziana, la quale chiese il loro aiuto per liberare il pianeta dal generale, che trattava gli abitanti come schiavi.

Marziana: «Aiutatemi! Il generale ha invaso il mio pianeta e sta sottomettendo la mia gente, li costringe a lavorare per lui contro la loro volontà! Vi prego, fate qualcosa!».

Galacticstrike: «Noi siamo venuti apposta per aiutarvi. ma soprattutto siamo qui per riprenderci il nostro amico. Comunque io sono Galacticstrike, e loro sono i miei amici, Jasmine, Billy, Carl e Chris».

Marziana: «Io sono Martha, piacere di conoscervi».

Camminarono un po' per il paese.

Marziana: «Galacticstrike, perché non andiamo a mangiare qualcosa e parliamo? Sai, voglio sapere tutto del vostro pianeta, non ci sono mai stata».

Galacticstrike; «Ah beh, ecco, non c'è molto da dire…», disse imbarazzato.

Marziana: «E dai, cosa c'è?».

Galacticstrike: «OK, io vivo sul bel pianeta Terra, e il mio e il tuo pianeta sono vicini di orbita».

Marziana: «Deve essere molto bello, le piantagioni, il mare, gli animali…».

Martha tentò di entrare sempre più in confidenza con Galacticstrike.

Marziana: «Quindi sto parlando con la persona giusta, posso contare su di te».

Galacticstrike: «Non ti preoccupare, risolveremo tutto in un battito di ciglia».

Più tempo passava con Galacticstrike e più Martha gli stava attaccata, distogliendolo dal gruppo e, allo stesso tempo, facendo sempre più ingelosire Jasmine. Quando Galacticstrike le rivolse la parola, Jasmine si arrabbiò con lui:

Jasmine: «Ti sembra il caso di fare gli occhi dolci con lei? "Ooooh Galacticstrike, salvami tuuu!"».

Galacticstrike: «Che ti è preso? Non capisco, io e lei stiamo solo chiacchierando».

Jasmine: «Solo chiacchierando? Allora mi sai dire perché nonostante lei sia appicicata a te tutto il tempo tu non hai mai minimamente provato a opporre resistenza?».

Nell'ascoltare il discorso della fanciulla Galacticstrike rimase confuso, non capendo per quale motivo fosse arrabbiata, così Jasmine se ne andò e il ragazzo ci rimase male. Jasmine, passeggiando da sola nel paese, incontrò una persona alta e con le spalle dritte, ben posata e molto sicura di sé, che dopo un attimo di esitazione si rivolse alla fanciulla:

Sconosciuto: «Lascia perdere Galacticstrike. Hai visto anche tu come abbia occhi solo per lei, guarda come stanno bene Galacticstike e la marziana insieme: parlano, ridono, scherzano in sintonia, lui ha trovato ciò che tu non sei riuscita a dargli».

Jasmine, dopo avere ascoltato le parole dello sconosciuto, con il cuore spezzato scappò piangendo. Intanto Galacticstrike e la marziana si divisero, e gli amici erano veramente dispiaciuti per come si erano messe le cose tra lui e Jasmine; intuendo che nella marziana c'era qualcosa che non andava avvertirono Galacticstrike della situazione.

Carl: «Abbiamo notato qualcosa di strano in quella ragazza».

Galacticstriche: «È tutto a posto! Non abbiate paura, non morde».

Chris: «Ne sei sicuro? Hai visto il modo in cui ti tiene tutto per sé facendoti allontanare sempre di più da noi?».

Galacticstrike sembrò ragionare un po', ma non dava per scontato quello che gli veniva detto dagli amici.

Carl: «Inoltre, Galacticstrike, è riuscita a far ingelosire Jasmine».

A quel punto Galacticstrike aveva capito perfettamente e rispose preoccupato ai suoi amici:

Galacticstrike: «Questo è un bel guaio, cavolo… Come faccio a farmi perdonare, lo so che è tutto un malinteso».

Chris: «Ora dove si trova Jasmine?».

Galacticstrike: «Subito dopo che abbiamo bisticciato lei se ne è andata via».

Gli amici con un tono di voce alto gli dissero:

Amici: «Vai, corri! Devi assolutamente andare a parlare con lei».

Galacticstrike: «Penso che non sarebbe opportuno parlarle in questo momento».

Gli amici gli rimproverarono ancora una volta:

Chris: «Che fine ha fatto l'eroe impavido che non ha paura?! Roba da matti, ti dovrebbero chiamare Galactichicken, non Galacticstrike!».

Galacticstrike non diede retta ai suoi compagni, e in realtà sapeva della gelosia della fanciulla, ma era un fatto che dava per scontato. Durante la notte, però, nella mente del giovanesi accesero numerose preoccupazioni, sia per la lite con gli amici e soprattutto per quella con Jasmine. Non riuscendo dormire, si alzò dal letto e uscì a prendere una boccata d'aria. In paese non girava un'anima viva, ma all'improvviso Billy si avvicinò all'amico con un'altra persona con lui.

Galacticstrike: «Perché sei voluto passare dalla parte del male?».

Billy: «Perché essere buoni non serve a nulla! Il Billy che conosceva Galacticstrike finora non è il vero Billy. In passato Billy si prendeva gioco degli altri, e quando non riusciva a ottenere ciò che voleva arrivava a usare perfino le maniere forti!».

Galacicestrike: «Non è per niente vero! Cosa stai dicendo? Quello è il passato, ora sei cambiato!».

Il generale Kant, dietro Bullo, si intromise tra i due rivolgendosi a Galacticstrike:

Generale Kant: «Ormai è troppo tardi, lui ha deciso di lavorare per mio conto, e in quanto a te, cosa hai fatto per i tuoi compagni, nulla. Ti sei chiesto il motivo per cui i tuoi amici si sono allontanati da te? Vuoi sapere il perché? Semplice, perché non li hai compresi, tu hai preferito non dargli retta, e Jasmine, la figlia del saggio di Giove, per colpa tua ha il cuore spezzato perché tu stavi con un'altra ragazza».

Nell'ascoltare queste parole a Galacticstrike vennero i sensi di colpa. Agitato, e con la voce tremante, disse:

Galacticstrike: «Non è vero! Tu menti! I miei amici sono con me, e la fanciulla non è arrabbiata con me! Io la amo, e lei sta bene!».

Generale Kant: «Ne sei sicuro? Peccato che quando l'ho vista non aveva un bell'aspetto, sai? Sembrava molto sofferente».

Galacticstrike andò su tutte le furie.

Galacticstrike: «Che cosa le hai fatto?!».

Il generale provocò ancora di più Galacticstrike, fino a quando il ragazzo, stanco delle sue parole, preso dall'ira e disperato, si avventò sul generale, ma lui riuscì a schivare ogni suo colpo. Ormai il generale aveva il pieno controllo delle emozioni di Galacticstrike, che, con il morale a terra e con i sensi di colpa oltre il limite, perse ogni speranza e si inginocchiò con i pugni a terra, privo di ogni stimolo, ogni reazione e forza. Il generale Kant, insieme a Billy, portò con sé Galacticstrike e lo consegnò a Malicious in un posto vicino al paese. Malicious, fuori di sé dalla gioia, strappò il Medaglione Galattico e si impradonì del resto dei frammenti, facendosi beffe di Galacticstrike. Malicious sparì nell'oscurità, mentre il generale, non avendo ancora finito con Galacticstrike, volle infierire ancora una volta sul giovane, che nel frattempo era tornato alla sua forma normale svelando la sua vera identità.

Generale Kant: «Ho ancora qualcosa da dirti, mio caro. Sai, visto che ora sei tornato nella tua forma originale, penso che i tuoi amici, nel loro profondo, abbiano un briciolo di rancore verso di te, perché non gli hai detto subito della tua vera identità».

Per Nick non sembravano esserci più speranze, e qualche tempo dopo i suoi amici lo trovarono a terra, scioccato e impaurito. Lo raccolsero e lo portarono all'interno di un'abitazione, dove lo distesero sul letto aspettando che gli passasse lo stato di shock. Al risveglio, Nick si alzò di colpo chiamando subito nomi: generale Kant, Billy, Malicious, Jasmine, Carl e Chris. Questi ultimi, che erano lì con lui, lo chiamarono con il suo vero nome, Nick. Accortosi che lo avevano chiamato con il suo vero nome, il giovane controllò se aveva ancora tutto in ordine, il Medaglione Galattico e i frammenti. Carl non si ricordava più che Galacticstrike fosse in realtà Nick, e Chris gli rinfrescò le idee:

Chris: «Ehm, sai vero che Galacticstrike, ovvero Nick, si è smascherato da solo, fregandosi con le sue stesse parole quando eravamo su Saturno».

Carl: «Ah sì, vero, ora ricordo…». –

Nick, confuso e con i sensi di colpa, era ancora convinto che i suoi amici lo avessero abbandonato, ma i suoi compagni lo rassicurarono che era tutto OK e che non si erano mai arrabbiati con lui. Nick riflettè sulle parole del saggio eremita di Urano, e dopo essersi ripreso del tutto spiegò agli altri come era andata la vicenda con Billy.

Nick: «Ero uscito fuori a prendere una boccata d'aria quando a un tratto ho incontrato Billy: non sembrava lui, era come se il generale avesse manipolato le sue emozioni, proprio come aveva fatto con me e Jasmine».

Chris: «Noi invece abbiamo avuto il sospetto che la marziana avesse escogitato un piano con il generale per abbatterti psicologicamente, in modo da potersi impossessare dei tuoi frammenti e del medaglione».

Nick continuò a riflettere, e alla fine capì che era tutto collegato: il comportamento della ragazza marziana appiccicata a lui che lo distraeva dal gruppo e lo allontanava da Jasmine, l'incontro tra Jasmine e il generale, citato dal generale stesso, che aveva manipolato completamente le emozioni, i sentimenti e le paure di Nick, approffittandosi di lui per consegnare direttamente i frammenti e il Medaglione Galattico a Malicious... E lui, che aveva dato tutto per scontato... Nick, dopo avere riacquistato il pieno delle forze, volle andare subito a sistemare il malinteso con Jasmine, chiedendole scusa per non averla presa in considerazione. Gli amici e Nick si divisero alla ricerca di Jasmine, e alla fine fu proprio Nick a ritrovarla, accovacciata sul bordo di una fontana.

Nick: «Ehi, Jasmine!».

Quando lei lo udì si allontanò.

Nick: «Scusami, ho capito perché sei arrabbiata con me, e hai ragione a esserlo... devi sapere che c'è stato un malinteso».

Jasmine gli rispose ancora offesa:

Jasmine: «Perché mai dovrei accettare le tue scuse? Le stavi tanto addosso, dai, vai da lei, su!».

Nick: «Non c'è stato mai niente con Martha, in realtà la ragazza marziana è stata ingaggiata dal generale per farci separare l'uno dall'altro».

La fanciulla, ancora dubbiosa nei confronti di Nick, gli rispose imbronciata:

Jasmine: «Dai, come fai a dirlo?! Convincimi, se ci riesci».

Nick: «Guarda, come vedi non sono più trasformato, e lo sconosciuto con cui hai parlato era proprio il generale, che ci ha manipolati per tutto questo tempo e ora ha con sé i miei frammenti e il medaglione. Probabilmente a quest'ora li avrà già consegnati a Malicious e io adesso non ho più alcun potere, questo è il mio vero io...».

Nick si avvicinò a Jasmine con calma, e per farle riacquistare fiducia le fece ricordare i momenti più belli: il loro primo incontro su Giove nel suo giardino, la fontana dove lui era stato spinto dalla fanciulla, le stelle su Mercurio e le imprese che avevano compiuto insieme. Jasmine scoppiò in lacrime, e Nick la abbracciò forte chiedendole scusa:

Nick: «Scusami per non averti prestato attenzione e per avere dato per scontati i tuoi sentimenti».

Gli amici videro i due abbracciati e interruppero l'idillio con un colpo di tosse. Jasmine e Nick si staccarono e si voltarono verso di loro. Nick, più determinato che mai, con o senza poteri decise di affrontare il generale Kant e riprendersi Billy, caduto nelle sue grinfie, mentre Jasmine voleva vendicarsi della marziana per essersi permessa di flirtare con il suo Galacticstrike, o Nick. Giunti sul posto dove risiedeva il generale Kant, lo videro uscire dalla sua astronave e venire verso di loro.

Generale Kant: «Che fine ha fatto il tuo bel costumino da super eroe? Pensandoci bene, dove sono finiti i tuoi "super poteri"?».

Nick mantenne l'autocontrollo e gli rispose:

Nick: «Non mi servono per sconfiggerti! Mi bastano le mie forze e l'aiuto di Jasmine e dei miei amici!».

Nick si voltò, ma i due erano spariti.

Nick: «Carl? Chris?», chiamò ad alta voce.

Il generale Kant si mise a ridere:

Generale Kant: «Ah ah ah! Patetico! Proprio come la tua fidanzatina, avessi visto quella scena, quando lei piangeva come una bambina a cui hanno strappato la bambola dalle mani!».

Nick disse a Jasmine di tenere i nervi saldi. Alle spalle del generale si udì uno sghignazzo, era Martha, comparsa improvvisamente dietro di lui. Jasmine strinse forte i denti in segno di collera, mentre Martha otteneva il denaro prefissato dal generale Kant come ricompensa. Martha, rivolgendosi alla fanciulla, la provocò:

Marziana: «Sarebbe stato bello, però, se fossi riuscita a strappare Nick da te, gli ero molto più vicina».

Jasmine andò su tutte le furie e scatenò i suoi poteri floreali verso la marziana, ma quest'ultima riuscì a scostarsi dalle piante che la attorcigliavano. Nick ripetè a Jasmine di mantenere la calma. In quel momento il generale Kant nominò i genitori di Nick, che, con voce alta, di scatto domandò:

Nick: «Che cosa gli hai fatto? Dove si trovano?».

Il generale fece comparire un ologramma dal dorso della mano che inquadrava proprio i genitori di Nick; Il giovane per un attimo perse la calma, e il generale ne approfittò per provocare ancora il giovane:

Generale Kant: «Se vuoi rivederli devi prima battermi».

Non avendo altra scelta, Nick iniziò a combattere. Anche le ragazze, intanto, continuavano a lottare, e Martha si dimostrava abile nello schivare i colpi di Jasmine, continuando a provocarla parlando ancora di Nick. A un certo punto Jasmine la interruppe:

Jasmine: «Perché hai voluto tradire il tuo popolo, Martha?».

Marziana: «Non è affar tuo!».

Abbassando lo sguardo e sospirando, Jasmine cercò di mettere da parte l'odio che provava e tento di avvicinarsi a lei, ma venne ingannata dalla ragazza marziana che la attaccò vigliaccamente. Intanto il combattimento tra il generale e Nick si era fatto intenso, e anche senza poteri il giovane era in grado di essere alla pari con il generale che, conoscendo i punti deboli di Nick, tirò fuori qualche altro sporco trucco per abbattere moralmente il giovane.

Generale Kant: «So che un tempo eri sulla sedia a rotelle e non potevi camminare, Billy continuava a prendersi gioco di te ogni giorno».

Adesso Nick era di nuovo sotto pressione, il generale era riuscito a suscitare in lui l'angoscia.

Generale Kant: «Non riuscirai mai a riportarlo indietro, perché la cattiveria è nella sua natura».

Nick: «Billy non è così, tu non lo conosci affatto! Lui ha ricordi tristi di quando era piccolo, lui e sua madre vennero abbandonati dal padre, dopo avere subito una serie di angherie da parte sua! Ha assunto quell'atteggiamento perché gli mancava la figura paterna, non avevano più un posto dove andare. Nella sua anima si nasconde un Billy buono, generoso, disponibile, che sa quello che fa, non è colpa sua se suo padre si comportava così con loro. Billy, tu sei molto meglio di lui, di tuo padre!», gridò.

Billy percepì la sincerità nelle parole di Nick e commosso scese dall'astronave, mentre il generale, vedendo comunque Nick indebolito, gli sferrò altri calci e pugni. Billy, una volta uscito fuori, venne anche lui preso e malmenato dal generale. Proprio quando le speranze per Billy e Nick sembravano ormai poche, arrivarono Carl e Chris con tutta la gente del paese pronta a rivoltarsi contro il generale, che a sua volta schierò i suoi uomini.

Nick: «Ma perché voi generali fate tutto questo?».

Generale Kant: «Non sono affari tuoi… anzi no, ti spiego, noi lo facciamo per onorare il nostro Signore Malicious, colui che ci onora comanda e ci rispetta, la persona che finora è riuscita a tirare fuori il meglio di noi!».

Nick: «No! State facendo tutti un grosso sbaglio! Malicious vi sta solo sfruttando, per quale motivo secondo te ha voluto radunare tutti i frammenti?».

Generale Kant: «Li ha voluti radunare per il bene del sistema solare».

Nick: «Sì, vedo! Perché vi ha ordinato di saccheggiare paesi e pianeti, imprigionando persone innocenti? Probabilmente lo avrà fatto anche con la tua gente. Perché state collaborando con lui? Perché stai dalla sua parte? Non sai che cosa vuole fare veramente!».

Intanto Jasmine cercava di far riflettere la marziana, che arrabbiata ribadì:

Marziana: «Ho dovuto fare una scelta! Ho preferito passare a mercenaria traditrice del popolo per fare quello che mi pareva, intanto rimanere qua è solo una noia, gente che non sa ascoltare e preferisce metterti in disparte, come hanno fatto con me. Nessuno ha mai dato importanza a ciò che facevo, almeno così posso essere libera e guadagnarmi da vivere come voglio, intanto che cosa importa degli altri finché stai bene tu?».

Jasmine: «Sei una ipocrita e un'egoista!».

La fanciulla riuscì a bloccarla con le radici che sbucavano sotto i piedi della marziana, che adesso era immobilizzata.

Gli abitanti del paese, intanto, uscivano dalle loro case e ringraziavano Jasmine per avere catturato la traditrice. Jasmine, stanca ma soddisfatta per avere sistemato colei che la aveva fatta arrabbiare, sorrise felice alla gente.

Dopo il discorso di Nick il generale Kant si trovava alle strette e in difficoltà, andò in confusione, ed era strano, proprio lui che era un maestro manipolatore. Ebbene sì, Nick era riuscito a penetrare nei suoi pensieri e farli propri nel bene. Il generale non accettava la realtà, ma nel frattempo molti dei suoi uomini erano stati messi fuori gioco dai marziani e così, ritrovandosi in inferiorità numerica, prese la decisione di salire a bordo dell'astronave e di ritirarsi dalla lotta.

Generale Kant: «Vi garantisco che la prossima volta non sarà più una passeggiata!».

Billy: «Ti ringrazio veramente tanto, Nick, per quello che hai fatto, e mi dispiace davvero molto per averti maltrattato per tutto il tempo, alle elementari, alle medie e perfino alle superiori», disse appoggiando la mano sulla spalla di Nick.

Nick: «È acqua passata, ormai so benissimo che cosa hai passato».

Billy: «Sai Nick, eri molto meglio quando eri trasformato».

Nick: «Com'è che dici?», si arrabbiò, e poi tutti e due si misero a ridere.

Jasmine, arrivata da dietro, chiamò Nick e corse subito da lui innamorata e lo baciò. I due ragazzi si strinsero forte, certi che ormai non avevano da temere più nulla: l'amore è come un sasso sotto una tempesta: si sposterà o rimarrà fermo, ma nonostante l'intensità della tempesta esso resterà immutabile nel tempo.

La fortezza

Il pianeta Plutone è il penultimo pianeta del sistema solare, i raggi del sole fanno fatica arrivare e l'illuminazione è scarsa, offrendo un clima gelido. I ragazzi, Galacticstrike, Billy, Jasmine, Carl e Chris, si trovavano su questo pianeta e sapevano benissimo che questa volta non sarebbe stata una passeggiata. Il loro obiettivo era quello di mettere sottosopra la fortezza del generale braccio destro di Malicious.

Nick: «Ehi, qui dobbiamo fare molta attenzione, siamo vicinissimi alla base principale del nemico».

Carl e Chris, intanto, si lamentavano per il freddo...

Carl: «Nick... scusami, ma non potremmo scaldarci con una cioccolata calda...?».

Chris: «Eh, Nick?».

Nick: «No, non è tempo di fare le femminucce, d'ora in avanti la cosa si fa sempre più critica, io non ho più i miei poteri e non ci resta altro che cavarcela con le nostre forze. Jasmine, com'è la posizione?».

Jasmine: «Laggiù si vede una una grossa fortezza, all'entrata ci sono due torri da tiro che tengono sorvegliata la zona».

Nick: «Tu, Bullo, com'è la situazione lì?».

Billy: «Ehi, da quando in qua mi dai degli ordini, sgorbio?».

Nick: «Dal momento in cui ho iniziato a pararti il didietro, nabbo!».

Billy: «Ah ah ah, affermativo!! Qui si vedono delle squadre di soldati che stanno scorrazzando per il campo, e dall'altra parte un'altra squadra che si sta esercitando fuori dalla fortezza. Aspetta, sto vedendo un generale... sembra che stia parlando con dei soldati».

In quel momento Bullo si trovava dall'altra parte della fortezza, tenendosi in contatto via radio con Nick e informandolo della situazione. Intanto, dall'altra parte, Nick faceva mente locale sulla pianta della fortezza illustrata da Bullo sull'astronave, in quanto Billy sosteneva di averea osservato la base militare mentre si rovava sulla nave spaziale del generale su Marte.

Billy: «Questa è la pianta della fortezza di Plutone, l'ho vista mentre ero sull'astronave del generale di Marte... Ecco qui:

Zona sud: armamenti

Zona sud-est: artiglieria pesante

Zona sud-ovest: campo di addestramento Sud, dormitori e sala da tiro

Zona nord: campo di addestramento Nord, entrata principale sorvegliata

Zona est: laboratorio di ricerca, sala prove prototipi armamenti

Zona nord-est: rifiuti

Zona ovest: prigioni

Zona nord-ovest: ingresso principale

Centro: sala comandi fortezza».

Nick pensò a lungo a come fare per introdursi all'interno della fortezza, e all'improvviso gli venne un colpo di genio.

Nick: «Billy!».

Billy: «Sì?!».

Nick: «Tu che hai visto come sono organizzate le truppe di Malicious potresti entrare spacciandoti per uno di loro... in fondo sei stato mio nemico fino a poco tempo fa...».

Billy: «No, ma dici sul serio? E se mi scoprono? No, non può funzionare...».

Nick: «Fidati, non scopriranno mai che sei passato dalla nostra parte».

Billy: «OK, d'accordo, ma dopo, quando saremo sul pianeta Terra, te le darò di santa ragione».

Jasmine: «OK, qual è il piano, Nick?».

Nick: «Il nostro obiettivo sarà quello di intrufolarci nella fortezza senza farci beccare, liberare i prigionieri, rubare le armi e far saltare in aria il posto. Ci faremo aiutare da Bullo, il suo compito sarà quello di entrare all'interno della base, di guadagnare la fiducia di quel generale e di fare da spia».

Billy: «Non appena mi sarà possibile vi raggiungerò nella sala degli armamenti, che si trova nella zona sud della fortezza a fianco della sala da tiro, quindi prima dovrò passare per un lungo corridoio che porta al laboratorio di ricerca. Poi dovrò superare la sala comandi, poi la sala riunioni, le prigioni e la sala da tiro con di fianco l'artiglieria pesante».

Carl: «E noi due cosa faremo?».

Nick: «Voi mi coprirete le spalle».

Chris: «Faremo vedere noi ai quei luridi soldati chi è più bravo a fare i quick scope!!!».

Nick, mettendosi la mano sulla fronte, aggiunse rimproverando il suo amico:

Nick: «Razza di uno stupido, non stiamo giocando a un semplice sparatutto, qui c'è in ballo il destino del sistema solare e delle persone che ci vivono dentro!!».

Carl: «OK Nick, non ti scaldare, era solo per dire...».

Chris: «C'è per caso una via più breve?».

Nick: «Beh, in teoria ci sarebbe, ma le stanze più sorvegliate sono il laboratorio, la sala comandi, la sala degli armamenti e quella dell'artiglieria pesante, e si trovano vicino al laboratorio di ricerca. Ma prima passiamo dalla zona ovest, mettiamo fuori gioco i soldati e liberiamo i prigionieri, che ci daranno un aiuto in più nell'impresa, dopodiché avanzeremo verso la zona sud».

Poco dopo, Billy si trovava esattamente nel campo di addestramento nella zona sud-ovest della fortezza. Il suo compito era quello di entrare in confidenza con il generale, usarlo per scoprire dove si trovava la sala centrale dei comandi, dove Billy si sarebbe introdotto, per fare poi accedere a Nick, Jasmine, Carl e Chris alla stanza dell'artiglieria pesante.

Billy: «Bene, ora devo solamente trovare un modo di procurarmi l'uniforme, così tutti penseranno che sono ancora uno di loro».

In quel momento passò un soldato.

Soldato: «Ehi, mi sapresti dire dov'è il bagno, sono una nuova recluta e non mi sono ancora ambientato».

Billy: «Certo, ora ti mostro dov'è...».

Billy lo accompagnò in un punto dove non potevano essere visti da nessuno.

recluta Soldato: «Ma... ma questo non è il bagno!».

Billy: «Scusami, prendo in prestito i tuoi vestitini», e con un colpo alla nuca gli fece perdere conoscenza prendendosi la divisa della recluta.

Billy: «Ecco, quello è il generale, ora pensiamo a fare bella figura», disse parlando tra sé.

Generale Steel: «Avanti soldati, più grinta! Voglio vedere il sudore che scende sui vostri visi, voglio che vi sforziate fino a perdere i sensi! Avanti femminucce, se continuate così perfino una formica avrà la meglio su di voi!!».

Mentre motivava i suoi soldati nel loro addestramento, il generale ne osservò uno in particolare e, attratto, si avvicinò a Billy.

Generale Steel: «Tu ragazzo, sembri piuttosto in gamba, sei riuscito a stendere una cinquantina di soldati senza mai fermarti, dimmi come ti chiami».

Billy: «Billy, signore».

Generale Steel: «Billy eh... il nome mi sembra familiare, ah sì, ricordo... eri un amico di Galacticstrike. Sei quello a cui il generale Kant ha fatto venire a galla i rancori più profondi del passato, a tal punto che ha fatto scattare in te l'odio verso il mondo intero...».

Billy: «Esatto, io odio tutti, compreso lei!».

Generale Steel: «Bravo, questo è lo spirito giusto, se c'è una sola cosa che ti fa stare bene, non è altro che vendicarsi delle persone che ti hanno fatto del male, e sai come?».

Billy: «No, signore».

Generale Steel: «Andando da loro e SCHIACCIANDOLE!!! Riducendole in poltiglia, solo così ci si sente forti e invincibili…».

Billy rimase in silenzio.

Intanto i ragazzi erano fuori, e si trovavano esattamente davanti alla discarica nella zona nord-est, pronti per l'intrusione.

Nick: «OK, ci siamo, questa è l'entrata che ci porterà nella discarica».

Carl: «Chissà quanta bella roba avranno buttato via, cannoni laser, pezzi di robot arrugginiti, ingranaggi, armi da fuoco ultra potenti, navicelle spaziali distrutte…».

Chris: «E se invece trovassimo un'enorme creatura marina che ti mangerà in un solo boccone, così da farti stare zitto?».

Carl: «Se invece trovassimo un enorme serpente che tappa la tua di bocca?».

Chris: «Stai attento, potrei prendere la tua cara collezione di fumetti e darla in pasto alla creatura, sai…».

Carl: «Non oseresti farlo, vero?! Io con i tuoi cari videogiochi potrei fare il tiro al piattello…».

Chris: «Tu sei un bastardo!».

Carl: «No, tu!».

Chris: «No, tu!».

Carl: «Tu puzzi!».

Jasmine: «Nick, ma come fanno a essere così i tuoi amici… sono imbarazzanti…».

Nick: «A chi lo dici… Voi due! O la smettete o vi lascio qui! Siamo intesi? Non c'è da perdere altro tempo! Pronti…! Ecco, si va giù!».

E Jasmine spinse Carl e Chris giù nel condotto subito dopo Nick.

Intanto Billy era riuscito a prendere confidenza con il generale Steel, e quest'ultimo voleva mettere alla prova le capacità di Billy di fronte ai soldati nel campo di addestramento della zona sud della fortezza.

Generale Steel: «Questi sono i miei migliori combattenti, beh, prima che tu li stendessi a terra. In questo campo di addestramento, come potrai vedere, ci sono truppe specializzate in lotta, i soldati si esercitano per ore e ore, mettendo alla prova la loro forza e resistenza fisica. Continuate, branco di sfaticati! Ehi tu, cos'è quella presa?! Piu animo! Perfino la mia cara nonna ti trascinerebbe a terra!!».

Billy: «Ma, signore, se loro continuano a esercitarsi con questo ritmo... come potranno vincere in battaglia senza riposo... lo sa anche un bambino...».

Generale Steel: «Beh, ecco... non ci avevo pensato... Che figura ho fatto di fronte a un pivellino... Dai, su, fatti forza, sei o non sei il braccio destro di Malicious?», disse tra sé.

Generale Steel: «Sei in gamba, ragazzo... Soldati, cambio di programma: oggi farete una pausa di un giorno... quindi... ROMPETE LE RIGHE!!».

Soldati: «Signorsì, signore! Grazie infinite, signore!».

Billy: «Di male in peggio...».

Generale Steel: «Bene, giovane Billy... vieni, ti mostro la sala da tiro».

Nel frattempo Nick, Jasmine e i due amici si erano infiltrati in un conduttore per il riciclo dei rifiuti nella zona nord-est della fortezza, e da lì caddero nella discarica.

Ragazzi: «Aaaahhh!», stunf!

Nick: «Aiaiaiaia, che botta...».

Chris: «Attenzione lì sottoooo!!!», stunf!

Carl: «Wooow, che figata questa discesa!!», stunf!

Chris: «Ehi, dov'è Nick?».

Nick: «Sotto di te!», rispose dolorante.

Chris: «Ah, scusami...».

Nick: «Dov'è Jasmine?».

Jasmine: «Sto arrivandoooo!!!».

Nick: «Eccoti presa!».

All'interno della discarica si trovavano pezzi di rottami di veicoli, armi, qualche robot malandato e così via.

Jasmine: «Che posto orrendo… e puzzolente…».

Chris: «Guardate, è come vi dicevo, scarti di armi e robot vecchi».

Carl: «Che bell'arma che ho trovato, vediamo se funziona…», pciu!!

Si sentirono dei meccanismi avviarsi nella discarica.

Jasmine: «Cos'è questo rumore?».

Nick: «Carl, che diavolo hai fatto?!».

Carl: «Io non ho fatto niente!».

Chris: «Naaaa, tranquilli, sarà sicuramente il rumore di un topo spaziale, vista la quantità della spazzatura ce ne saranno migliaia».

Carl si appoggiò alla parete e iniziò lo smaltimento rifiuti, e improvvisamente la stanza cominciò a tremare, le braccia meccaniche si mossero smuovendo i rifiuti, e i ragazzi si allarmarono cercando un modo per uscire al più presto il possibile, prima di venire schiacciati.

Carl: «Aaahhh, che diavolo è successo?!».

Nick: «Venite tutti qua, dobbiamo trovare una via d'uscita se vogliamo sopravvivere».

Carl e Chris: «Non vogliamo morireee, mammaaaaaa!!!», urlarono abbracciati.

Jasmine: «Ecco l'uscita: un secondo condotto che porta al piano superiore».

Nick: «Ben fatto, fanciulla!! Ora crea una scala, così possiamo salire fino al condotto prima di venire schiacciati dallo smaltimento rifiuti».

La discarica iniziò a comprimersi, Nick, Jasmine e i due amici trovarono dei bastoni e li incastrarono negli ingranaggi dello smaltitore, mentre Jasmine usava i suoi poteri creando una scala floreale su cui i ragazzi salirono prima di venire schiacciati dalla macchina.

Dall'altra parte della fortezza, Billy era in compagnia del generale Steel nella stanza da tiro della zona sud-ovest del complesso.

Generale Steel: «Questa è la sala da tiro, qui i soldati si esercitano con le armi da fuoco».

Billy: «Non appena sarò arrivato alla sala comandi attiverò il pulsante, che a sua volta

attiverà il portale dell'artiglieria. Nel frattempo troverò una scusa per andarmene dalla sala e riunirmi ai miei amici, ma dovrò stare attento a non farmi scoprire, sarà dura…», disse sottovoce.

Generale Steel: «Ragazzo… ci sei? Hai capito che cosa ti sto dicendo? Cosa ne pensi di questa sala?».

Billy: «Sì, la sto ascoltando… mi piace, la stanza è bella grande, ci sono un sacco di soldati qui nella fortezza, e quante belle armi».

Generale Steel: «Qui abbiamo un'enorme quantità di armi, non dico di ogni tipo, ma abbastanza per disintegrare un pianeta intero».

Billy: «OK, anche io ne ho fatte di pazzie… ma questi hanno superato tutti!».

Generale Steel: «Cosa stai bisbigliando?».

Billy: «Ah, niente… volevo solo dire quanto mi piacerebbe provare una di quelle armi».

Generale Steel: «Ah ah ah, ma dimmelo prima!! Ho visto quanto eri agitato, non ti tenevi dall'eccitazione!!».

Billy: «Ah ah ah, sì, certo…», rispose ironizzando.

Billy: «Prima o poi mi scopriranno…», pensò aspettandosi che accadesse da un momento all'altro.

Il generale aprì l'armeria, offrendo la possibilità a Billy di prendere un'arma.

Generale Steel: «Ecco qua, scegline una».

Billy rimase senza parole vedendo quanta roba ci fosse in quella sala.

Nick, Jasmine, Carl e Chris erano riusciti a trovare in tempo una via di fuga dalla discarica prima di rimanere schiacciati dai bracci meccanici, e adesso si stavano dirigendo verso il laboratorio di ricerca nella zona est, ma non dovevano fare il minimo rumore per non allarmare la sorveglianza attiva. Infine, i ragazzi furono definitivamente dentro, esattamente in corrispondenza dell'entrata est della fortezza.

Carl: «Fiuuu… per un pelo venivamo schiacciati come delle sottilette».

Chris: «Sì, come un hamburger, con insalata, ketchup, maionese…».

Carl: «Salamino piccante, mostarda, sottaceti…».

Nick: «Ma vi sembra il momento di pensare al cibo?».

Sentirono dei passi provenienti sia da destra che da sinistra: alcuni i soldati li avevano scoperti.

Soldati: «Ehi, chi c'è là!?».

Nick: «Oh no! Ci hanno sentiti!».

Jasmine: «Vorrai dire ti hanno sentito».

Nick: «Presto, state al riparo».

Soldati: «Voi due, aaahhh!».

In un attimo Jasmine immobilizzò i soldati e, insieme a Nick, li afferrò al collo addormentandoli. Nascosero immediatamente i corpi, mentre gli altri due amici si lamentavano perché avrebbero preferito che i soldati venissero strangolati brutalmente.

Nick: «Siete troppo brutali, amici miei».

Jasmine: «Se li uccidessimo e basta quanto prima gli altri si accorgerebbero che due dei loro compagni sono stati assaliti da intrusi, che in questo caso siamo noi, e di conseguenza farebbero scattare l'allarme».

Nick, Jasmine e i due amici presero gli indumenti dei soldati e, una volta indossate le loro divise, si introdussero nel laboratorio di ricerche. Videro un gruppo di persone che stava lavorando con degli strumenti scientifici, e notarono in particolare un uomo con un dispositivo di comunicazione all'orecchio che stava parlando con qualcuno. I ragazzi, nascosti dietro a un angolo, cercavano di ascoltare la conversazione, e subito intuirono che il tipo con cui stava parlano lo scienziato era proprio Malicious.

Scienziato: «Mio Signore, il progetto che lei ha in mente non è ancora stato ultimato».

Malicious: «Razza di un imbecille, ormai ho i minuti contati, cerca di sbrigarti, ho un sistema solare da distruggere!!».

Scienziato: «Deve sapere che è una cosa che richiede molto tempo, è assai complicato capire come assemblare i frammenti e riportarli all'oggetto originario».

Malicious, ancora infuriato per i tempi che ci stava mettendo lo scienziato, controbattè:

Malicious: «Non mi interessa! Non voglio sentire alcuna scusa! Ah, a proposito, come sta andando con gli esperimenti con le cavie?».

Scienziato: «Ecco, Signore, su questo non ha da temere! Gli esperimenti sono in via di miglioramento, alcuni soggetti riescono a sopravvivere, e altri, nonostante gli effetti collaterali, si stanno abituando alle schegge dei frammenti».

Malicious si rallegrò che il suo piano secondario stesse dando dei frutti. Per quanto riguardava il suo primo progetto, invece, era alquanto deluso.

Jasmine non riesciva a trattenersi dalla rabbia, e Nick cercò di calmarla:

Nick: «Stai ferma, non ti agitare, altrimenti verremo scoperti!».

Lo scienziato interruppe il dialogo con Malicious e andò a controllare che cosa fosse il rumore che aveva sentito. Convinto che non ci fosse nessuno ritornò al suo posto, e i ragazzi ne approfittarono per entrare nella sala dove gli scienziati stavano testando dei prototipi per gli esperimenti che venivano realizzati sulle cavie, persone prigioniere nella zona ovest.

Nel frattempo, all'interno della stanza degli armamenti, nella zona sud della fortezza, il giovane Billy sparò qualche colpo con un'arma che aveva scelto nella sala da tiro, e il generale, rimasto sorpreso ancora una volta dalle doti di Billy, si rivolse a lui e disse:

Generale Steel: «Non male, ragazzo, bel colpo! Sei addirittura migliore dei miei soldati».

Billy: «Grazie, signor generale».

Billy abbassò l'arma, girò lo sguardo verso il generale e gli chiese:

Billy: «In quale sala si trova l'artiglieria pesante?».

Generale Steel: «Perché tutta questa voglia di andare nella sala dell'artiglieria pesante?».

Con il passare dei minuti il generale Steel, che stava iniziando a insospettirsi, decise per il momento di lasciarlo fare, e rivolgendosi ancora a Billy esaudì la sua richiesta. Contattò, con un auricolare quasi invisibile all'interno dell'orecchio destro, un suo soldato ordinandogli di aprire il portale. Dalla sala centrale si diressero verso la stanza degli armamenti, e Bullo, depositata l'arma, proseguì il cammino.

Generale Steel: «La sala dove viene tenuta l'artiglieria pesante si trova subito dopo la sala degli armamenti», spiegò al giovane.

Arrivati alla sala, nella zona sud-est della fortezza, Billy potè osservare sofisticate artiglierie, enormi veicoli da terra e da cielo e dei robot super corrazzati.

Billy: «Wow, che meraviglia! Posso salire su uno di questi?», esclamò.

Ovviamente il generale glielo proibì, ma Billy disobbedì al suo ordine e ci salì comunque.

Generale Steel: «Nessuno mai mi ascolta…».

I ragazzi, intanto, stavano aspettando che gli scienziati uscissero dalla sala prova dei prototipi, situata nella zona est della base. Una volta terminato il lavoro, che pareva non dovesse finire mai, gli scienziati rinchiusero nuovamente le cavie nelle celle e uscirono dalla sala, e i ragazzi corsero immediatamente dai prigionieri stremati da folli esperimenti.

Jasmine, preoccupata, domandò a una cavia:

Jasmine: «Perché siete qui, cosa vuole fare Malicious con voi?».

Cavia: «Noi siamo stati trascinati a forza all'interno della fortezza e Malicious ha in mente di usarci per fare di noi dei super soldati».

Nick: «Super soldati? Spiegaci meglio».

Cavia: «Esatto, lui vuole sfruttare le schegge dei frammenti per impiantarle su di noi e trasformarci in "mostri" con dei poteri».

Jasmine: «È terribile!», disse impressionata.

Nick: «Allora abbiamo sentito bene quello che si sono detti lo scienziato e Malicious».

Le cavie continuarono a raccontare, sottolineando ai ragazzi un'informazione importante riguardo a quello scienziato.

Cavia: «Lo scienziato che avete sentito parlare con Malicious, è lui che dirige il team del laboratorio; inoltre, dovete sapere che lui ha il controllo delle prigioni, a mano a mano che arriva gente nuova lo scienziato seleziona i prigionieri per gli esperimenti, li porta nel laboratorio di ricerca per analizzarli e poi li fa trasferire nella sala prove prototipi, dove verranno effettuati gli esperimenti su di loro, ovvero su di noi. Molti di noi purtroppo hanno perso la vita a causa degli esperimenti, o il corpo era debole o non riusciva a immagazzinare il potere, perciò andava in mille pezzi. Altre volte, invece, erano gli scienziati a commettere errori.

Jasmine: «Dobbiamo assolutamente andare a salvarli, Nick!».

Nick: «Sai dirmi, per favore, dove si trovano le prigioni?».

Cavia: «Sono nella zona nord-ovest della fortezza, ma fate attenzione! Ah, una cosa molto importante: le impronte digitali dello scienziato permettono di aprire le celle».

Nel frattempo gli scienziati stavano rientrando nel laboratorio, la loro pausa era finita.

Cavie: «Sbrigatevi! Dovete andarvene prima che vi scoprano!».

Nick: «Andiamo! Ma non temete, non appena avremo messo sottosopra la fortezza torneremo per liberarvi».

Cavie: «Vi auguriamo buona fortuna! Ora andate!».

I ragazzi, passando di nuovo davanti al laboratorio, nella zona est della fortezza, notarono lo scienziato che si stava agitando con le mani sullo stomaco.

Carl: «A quanto pare sembra che lo scienziato abbia un attacco di mal di pancia».

Lo scienziato corse verso il bagno, e quando uscì i ragazzi lo assalirono, lo legarono e lo portarono con loro raccomandandogli di non fare mosse false. Passarono nella zona nord, dove la sorveglianza era altissima, e al loro passaggio con lo scienziato tenuto in ostaggio camminarono salutando i soldati come se non fosse accaduto nulla.

Lo scienziato, dopo esser stato colto di sorpresa, si era ripreso e disse:

Scienziato: «Lasciatemi stare, farabutti! Ho un compito da assolvere!».

Nick: «Non ora. Stai calmo e fai quello che ti diciamo».

Jasmine: «Non cercare di urlare, altrimenti ti tapperemo quella bocca».

I giovani passarono davanti ai soldati di guardia all'entrata della fortezza.

Nick: «Ragazzi, rimanete tranquilli, sangue freddo».

Chris: «Dai, saluta i tuoi soldati», disse allo scienziato sottovoce.

Scienziato: «Uuff, in che guaio mi sono cacciato… Salve, soldati!».

Soldati: «Salve, dottore, come andiamo?!».

Scienziato: «Sto che è una meraviglia… Aiut…!».

Jasmine: «Ti avevo avvertito! Ora ti tappo quella bocca!», e così la fanciulla fece.

Arrivati al laboratorio di ricerca situato nella zona est della fortezza, il generale Steel spiegò a Billy la sua funzione, illustrandogli un po' la sala e presentandolo agli scienziati più abili, che facevano ricerche sui frammenti sotto l'ordine di Malicious.

Generale Steel: «Come vedi quì gli scienziati stanno facendo ricerche su come riunire i frammenti galattici in un unico oggetto, ma il piatto forte è che studiano un modo su come sfruttare questi frammenti galattici al meglio, aspetta che ti presento l'esperto».

Billy osservò la sala prototipi dal laboratorio, e ricordando le parole appena dette dal generale Steel capì a che cosa si riferiva il concetto di "sfruttare al meglio i frammenti". Gli scienziati stavano conducendo esperimenti su delle persone innocenti. Il generale si guardò attorno grattandosi il capo:

Generale Steel: «Ma dov'è finito lo scienziato?».

Uno degli scienziati corse dal generale riferendogli che il loro capo non si trovava da nessuna parte.

Generale Steel: «Continuate a cercarlo! Lui e i suoi maledetti attacchi di mal di pancia, quando Malicious lo saprà finiremo tutti nei guai, quindi vi consiglio assolutamente di trovarlo! Intesi?».

Il generale, dopo avere intimorito gli scienziati, condusse Billy a vedere gli esperimenti sulle cavie nella sala prove prototipi. Billy vide l'orrore e il terrore nei volti delle cavie sfruttate a causa degli esperimenti folli da parte degli scienziati, mentre al contrario il generale sembrava soddisfatto di come stessero procedendo gli esperimenti. Si rivolse con tono soddisfatto a Billy:

Generale Steel: «Questo è il frutto di un duro lavoro, caro giovane terrestre. Malicious ha dovuto aspettare molto tempo e ha fatto parecchia fatica per portare a termine uno dei suoi progetti, e come vedi questo è il secondo».

Billy: «Malicious cosa vuole fare con questa gente?».

Generale Steel: «Lo sapevo che me lo avresti chiesto. Praticamente, gli scienziati estraggono dei campioni dai frammenti, delle schegge per precisione, e li impiantano nei corpi di questa gente; insomma, vuole creare dei super combattenti».

Uno degli scienziati riferì al generale che gli esperimenti riusciti sarebbero stati spediti su Sedna il più presto il possibile. Il generale, di nuovo entusiasta, confermò a loro di procedere.

Era una corsa contro il tempo, Nick aveva una promessa da mantenere alle cavie, le quali presto sarebbero state trasferite su un altro pianeta. I ragazzi arrivarono alle prigioni, dove erano tenute le persone catturate e fatte schiave, ed erano ansiosi di liberare i prigionieri, ma videro ovunque guardie che tenevano sotto controllo le celle.

Nick: «Conoscete un modo per sbarazzarsi di loro?».

Jasmine: «Io un metodo ce l'avrei».

Senza perdere tempo, Jasmine gettò ai piedi alle guardie delle spore che sprigionarono un potente gas sonnifero, e in un attimo tutti i guardiani caddero addormentati.

Jasmine: «Ecco fatto!».

Nick: «Ragazza, mi sorprendi sempre di più!».

Carl e Chris appoggiarono la mano dello scienziato sul pad per l'impronta digitale, aprendo la prima cella.

Nick: «OK, adesso procedete con le altre».

Carl: «Signorsì!».

In breve tempo, tutti i prigionieri furono liberati.

Chris: «Prima che le guardie si sveglino, non sarebbe meglio se le chiudessimo dentro?».

Nick: «Ottima osservazione, Carl. Chiudeteli dentro e rompete il pad, così non potranno più scappare, e in quanto a te, scienziato… Jasmine, sai cosa fare».

Jasmine: «Con molto piacere, caro».

La fanciulla fece addormentare il povero malcapitato e lo sbattè in cella insieme agli altri. Gli ex prigionieri, intanto, pieni di gratitudine, avevano circondato i ragazzi ringraziandoli e offrendo loro tutto l'appoggio possibile.

Nick: «Avete per caso visto due persone, una donna bassa e bionda e un uomo castano e alto? Sono i miei genitori».

Ex prigioniero: «Sì, c'erano in effetti alcuni terrestri che continuavano a nominare loro figlio, con la speranza di rivederlo».

Nick quando seppe che i suoi genitori stavano bene gioì e fece un'altra domanda:

Nick: «Sapete dove si trovano ora?».

Ex prigioniero: «Purtroppo sono stati prelevati e portati al laboratorio».

Nick si perse d'animo, e Jasmine per risollevarlo gli disse:

Jasmine: «Se sono stati portati nella sala dei prototipi, e noi non li abbiamo trovati, significa che...».

Nick: «Probabilmente i miei genitori sono stati portati su Sedna! Dobbiamo assolutamente finire qui al più presto!».

Nick si rivolse alla gente con un tono da vero capo:

Nick: «Gente! Abbiamo bisogno del vostro aiuto! Prossima meta... sala dell'artiglieria pesante. Siete con me?!!!».

Folla: «Sìììì!!!!».

Nick, Jasmine, Carl, Chris e un nutrito gruppo di ex prigionieri si diressero verso la sala degli armamenti; lungo il percorso incontrarono numerosi soldati, che vennero ogni volta sopraffatti dai giovani. Infine, i ragazzi arrivarono alla sala da tiro situata nella zona sud-ovest della fortezza.

Nick: «Qui c'è troppa gente!», esclamò.

Jasmine: «Come faremo adesso? Dovremmo trovare un modo per evacuare la zona».

Nick: «Se solo ci fosse l'allarme da qualche parte».

A Nick venne un'idea: ordinò al gruppo di stare vicini e osservò intorno per vedere se ci fosse un pulsante o una leva. A un certo punto esclamò:

Nick: «Eccolo!».

Nick si rivolse a un ex prigioniero e gli diede le istruzioni per arrivare in fondo alla stanza e abbassare la leva, ma facendo adagio, senza farsi vedere dai soldati. L'ex prigioniero si avviò, e Nick consigliò al gruppo di nascondersi da qualche parte. Carl aveva già una soluzione in merito, avendo trovato un condotto protetto da una grata, e tutti i prigionieri si nascosero lì. L'ex prigioniero, intanto, era riuscito ad arrivare in fondo alla sala, tirò giù la leva e fece scattare l'allarme, che fece uscire di corsa tutti i soldati dalla sala da tiro. Nick fece cenno agli amici di fare uscire tutti dal condotto e di dirigersi verso il portale dell'artiglieria pesante. Ma ci fu un imprevisto: un soldato aveva preso in ostaggio l'ex prigioniero che aveva fatto scattare l'allarme.

Soldato: «Oh! Così c'è sotto il tuo zampino Nick, ovvero Galacticstrike, Malicious sarà contento di me una volta che gli avrò portato le vostre teste!».

Nick: «Se fossi in te non ne sarei così convinto».

Soldato: «Come?».

Queste poche parole distrassero il soldato, e l'ex prigioniero gli pestò un piede e gli diede un gancio destro sul mento, stendendolo a terra. Nick e il resto del gruppo non persero tempo e corsero verso la sala degli armamenti, situata nella zona sud della fortezza.

Nick: «Tutti quanti prendete un'arma ciascuno e aspettate che Billy, uno di noi, azioni il portale che conduce alla sala dell'artiglieria pesante».

Nel frattempo l'allarme si era sentito anche nella sala riunioni, nella zona est centrale della fortezza, dove si trovavano Billy e il generale Steel. Il generale fece evacuare la sala, intanto Billy andò verso la sala comandi al centro della fortezza, ma una volta arrivato lì si trovò in una situazione difficile, perché vide davanti a sé una serie di comandi da premere sul controller.

Bullo: «Qual è quello giusto?», disse in preda all'agitazione.

Bullo premette i pulsanti a caso, e non appena si voltò venne scoperto dalla recluta a cui aveva rubato la divisa.

Recluta: «Te la farò pagare per avermi rubato i vestiti e rinchiuso in bagno».

Il generale Steel arrivò nella sala comandi, e la recluta si rivolse immediatamente a lui:

Recluta: «Ecco qua l'impostore, costui si è permesso di fregarmi gli indumenti».

Il generale si immaginava che qualcosa non quadrasse in questa storia, e decise di tenere Billy come esca per attirare l'attenzione di Galacticstrike.

Generale Steel: «OK, ora ti terremo qui, io e la mia recluta, e ti tortureremo fino all'arrivo del tuo amico».

Billy si trovava in un mare di guai.

In qualche modo, pur premendo i pulsanti a caso, Billy era riuscito ad aprire il portale della sala dell'artiglieria pesante, e così finalmente Nick e il resto del gruppo ebbero accesso all'artiglieria, nella zona sud-est della fortezza.

Nick: «È da un bel po' che siamo qua e Billy non si è fatto ancora vedere», disse al gruppo.

Jasmine: «Temo che il generale lo abbia scoperto».

Nick: «Già, meglio se vado a vedere».

Jasmine: «Fai attenzione!».

Nick: «OK, ma prima che io vada, ecco la fase successiva del piano… Formate dei gruppi; tu, Jasmine, hai il compito di dirigere il primo gruppo, di salire sui mezzi e di avanzare all'esterno.

Jasmine: «Affermativo!».

Nick: «Voi due, invece, dovrete piazzare le bombe nei luoghi prestabiliti, d'accordo?».

Carl e Chris: «Sì, abbiamo afferrato, Nick!».

Chris ebbe un'idea e lo espose a Nick:

Chris: «Io un modo più veloce per piazzare le bombe ce lo avrei».

Nick: «OK, ti ascolto».

Chris: «Hai presente le condutture che abbiamo usato per fare nascondere i prigionieri?».

Nick: «Sì, ho presente, mi sembra un'ottima idea. Bel lavoro, Chris. Ma una cosa: non fate bravate, siamo intesi?».

Carl: «Non hai da temere».

Dopo avere preso gli esplosivi, i due amici si diressero nei condotti per piazzare le bombe nei luoghi stabiliti. Nick tornò indietro in fretta e furia a soccorrere Bullo, intrappolato nella sala comandi dalla recluta che aveva derubato e dal generale Steel. Jasmine rimase al comando degli ex prigionieri a bordo dei mezzi dell'artiglieria pesante: erano tutti muniti di armi e avanzavano verso l'esterno della fortezza.

Jasmine: «Avanti tutta, sfondiamo quella parete!».

La parete fu abbattuta, creando un'uscita, e nello stesso momento nel campo di addestramento i soldati sentirono un forte rumore proveniente dall'interno della sala dell'artiglieria pesante e videro uscire prepotentemente i prigionieri a bordo di enormi carri armati e grandi robot. Presi alla sprovvista, riferirono al generale della situazione. Il generale si arrabbiò molto e se la prese con Billy, che era riuscito a premere il pulsante giusto e dare accesso all'artiglieria pesante ai suoi amici. Ordinò ai soldati di salire sui veicoli aerospaziali da caccia e di passare alla controffensiva immediatamente.

I due amici, nel frattempo, si davano da fare per piazzare le bombe. Si trovavano all'interno dei condotti e a un certo punto si imbatterono in un bivio.

Carl: «Ora quale sarà la strada giusta?».

Chris: «Bella domanda, secondo me si va a destra».

Carl: «Per me a sinistra!».

I due continuarono a litigare come al solito, fino a quando, per decidere da quale parte andare, decisero di giocarsela alla morra cinese. Carl vinse prendendosi gioco del suo amico, e così si diressero a sinistra. Uscirono dal condotto senza farsi vedere dai soldati, e di fronte a loro trovarono una porta che conduceva al piano inferiore. Una volta sotto piazzarono la prima bomba, su quattro, sotto il laboratorio di ricerche. Fatto questo tornarono verso la zona sud, dai dormitori, dalle prigioni e da un sottopassaggio nella zona nord; per gli amici piazzare le bombe era stato un gioco da ragazzi. Intanto Jasmine e gli ex prigionieri, una volta usciti all'esterno, si trovarono di fronte soldati preparati a riceverli, anche loro armati fino ai denti e pronti a rispondere all'attacco della piccola armata della fanciulla.

Nick, arrivato nella sala comandi, vide Billy in compagnia del generale Steel e della recluta. Il generale disse a Nick:

Generale Steel: «Eccoci qua, bene arrivato, mentre ti stavamo aspettando abbiamo passato un po' di tempo a giocare con il tuo amico».

Il generale e la recluta gli fecero vedere Billy, con dei lividi lungo il corpo. Nick la prese male e andò su di giri rispondendo con tono furioso:

Nick: «Maledetto! Facile per voi, due contro uno».Il generale proseguì con tono rilassato:

Generale Steel: «Dai, ci siamo divertiti in fondo, non è vero, Billy?».

Bullo rispose al generale sputandogli addosso. Il generale si pulì dallo sputo e chiuse ogni accesso alla sala comandi blindando e bloccando ogni uscita.

Generale Steel: «Ora non uscirete vivi da qui, e sapete una cosa, pagherete i danni della mia fortezza con le vostre vite!!».

Billy e Nick stavano in guardia, e lo scontro cominciò! Durante il combattimento, i due amici dovevano uscire dalla sala il prima il possibile, prima di essere messi a terra dal braccio destro di Malicious. La recluta venne sistemata immediatamente da Billy, sebbene non fosse ancora perfettamente in forma.

Generale Steel: «È inutile cercare di fuggire. Sapete? Sembrate, come dire, degli animali che cercano disperatamente di scappare da quella trappola, com'è che si chiama...? Ragnatela, giusto! Dalla trappola ragno che voi terrestri conoscete bene, ma non riuscirete a fuggire, perché la ragnatela è appiccicosa! E ormai il ragno, che sarei io, una volta torturati vi mangerà! Ma non nel vero senso della parola, ovviamente».

Adesso i due ragazzi si trovavano con le spalle al muro, non riuscivano a contrastare il nemico in nessun modo, era come se il generale avesse gli occhi dietro la testa, era veloce nei movimenti e acuto nel prevenire le mosse dei suoi avversari. Ma accadde qualcosa. Bullo e Nick sentirono dei rumori di veicoli pesanti provenire dall'esterno, l'edificio centrale tremò, e i due giovani rivolgendosi al generale lo schernirono:

Nick: «Com'è quella storia della ragnatela del ragno?».

Billy: «Lo sai che succede alla ragnatela dopo un colpo forte del vento?».

I colpi dello scontro tra il piccolo esercito della fanciulla e i soldati nemici fecero tremare la sala comandi, e Nick e il bullo colsero l'occasione per scappare dal generale. La sala comandi aveva subito forti danni, e la sala centrale addirittura crollò. Billy e Nick saltarono fuori fuggendo dal generale, che furioso urlò:

Generale Steel: «Tornate qui! Non ho ancora finito con voi!».

Nel frattempo, Chris e Carl erano stati scoperti dai soldati mentre piazzavano l'ultima bomba e, circondati, premettero i detonatori, facendo saltare i quattro punti contemporaneamente, provocando uno spettacolo di fuochi d'artificio assolutamente degno di nota.

La fortezza intera stava per crollare, e i due amici corsero a più non posso stando attenti a non finire sotto le macerie; la stessa cosa accadeva per Bullo e Nick, che correvano verso Jasmine.

Nick: «Stiamo arrivando, Jasmine!».

Jasmine: «Oh, finalmente siete arrivati, ce ne avete messo di tempo, dai, salite a bordo».

Billy: «Bel lavoro, fanciulla! Quel generale ci stava proprio dando del filo da torcere, lo sapete anche voi del secondo piano di Malicious».

Nick: «Sì, purtroppo prima di andare a liberarli dobbiamo aspettare gli altri due».

Jasmine, Nick e Billy aspettavano con ansia il ritorno di Carl e Chris. Dopo un po' arrivarono affannati anche loro: il gruppo si era finalmente ricongiunto.

Nick: «OK amici, ora l'unico obiettivo è quello di recuperare le cavie». –

Quando giunsero alla sala delle prove prototipi, però, le cavie non c'erano più. Billy lo sapeva, e disse che quando era stato nella sala prototipi il generale stava spedendo le cavie su Sedna con le indicazioni per riunire i frammenti. Nick cadde a terra stringendo i pugni, deluso e rimproverando sé stesso per non essere riuscito a salvare in tempo quelle persone. Jasmine e gli altri amici cercarono di confortarlo e gli dissero:

Carl: «Non ti preoccupare, dai, finora hai sempre dato il massimo».

Jasmine: «Dai, forza, siamo quasi agli sgoccioli».

Billy: «Guarda il lato positivo, spaccherai il muso a quel "simpaticone" di Malicious».

Nick, riprendendosi, si fece coraggio, e corsero tutti nell'astronave. L'esercito nemico era stato sconfitto, ma prima di andare Nick disse a uno dei prigionieri:

Nick: «Ora che avete finito, prendete l'astronave di fianco alla nostra e scappate da questo pianeta».

Prigioniero: «Le nostre strade si dividono, ma vi siamo grati per quello che avete fatto per noi, vi saremo per sempre riconoscenti».

Dopo che la sua cara fortezza era caduta a pezzi il generale Steel, che era riuscito a liberarsi dalle macerie e aveva visto i ragazzi decollare insieme agli ex prigionieri, ormai aveva raggiunto al limite della sopportazione.

Generale Steel: «Me la pagherete per avermi distrutto la fortezza!».

Il generale non perse tempo e inviò le truppe aeree per l'inseguimento, che, una volta raggiunti i fuggitivi, iniziarono a sparare e ancora sparare.

Nick: «Tenetevi forte!».

Jasmine intanto si preoccupava di accudire gli ex prigionieri per sentire come stavano, e tutti risposero che avevano subito danni leggeri, niente di particolare. Il generale Steel, nel frattempo, aveva ordinato alle truppe di fare pressione sull'astronave dei nostri eroi, e Nick, che era al comando, dovette fare delle manovre strane e pericolose per non far subire danni al velivolo. A un certo punto Billy ebbe un'idea per abbattere le truppe aeree del generale, e subito Nick contattò l'altra astronave proponendo di provare la strategia di Bullo, e gli ex prigionieri furono subito d'accordo. Le due astronavi amiche si divisero e utilizzarono la velocità e l'agilità per confondere i nemici, che in effetti furono colti di sorpresa. A causa di tutte quelle manovre, sull'astronave di Nick a Carl venne una forte nausea, e Chris lo aiutò tenendo sottomano una busta. Grazie alla strategia adottata, Nick e l'altro ex prigioniero riuscirono ad abbattere le truppe aeree del generale Steel l'una dietro l'altra, e una volta raggiunta l'orbita i ragazzi e gli ex prigionieri si salutarono augurandosi reciprocamente buona fortuna, Ai ragazzi non rimaneva che affrontare Malicious, sul pianeta Sedna.

La doppia faccia del potere

Dopo un lungo viaggio i ragazzi atterrarono infine sul pianeta Sedna, il pianeta più cupo, freddo e lontano del sistema solare. Scesi dall'astronave si guardarono intorno.

Carl: «Bbbrrrr… fa un freddo bestiale qui!».

Chris: «Qua c'è talmente buio che nemmeno un gufo riuscirebbe a vedere».

Billy: «Nick, hai idea di dove possa essere la base di Malicious?».

Nick: «No, qui è tutto buio e l'ambiente ti disorienta, dobbiamo assolutamente rimanere vicini».

Jasmine: «Scusatemi ragazzi, ma sapete per caso dove sono andati a finire gli altri due?».

Nick furioso rispose:

Nick: «Dannazione!! Io ho appena detto di non separarci e cosa succede? Loro vanno per i cavoli loro!! Non è possibile!».

Nick, Jasmine e Billy continuarono ad avanzare, ma ad un certo punto si accesero dei riflettori e da un monitor comparve Malicious.

Malicious: «Siete stati bravi, davvero, non so come abbiate fatto a fare tutta quella strada per venire qui sul mio caro pianeta oscuro, e anche come siate riusciti a scappare da quell'enorme fortezza su Plutone!! Lì dovevate essere già in pasto alle bestie!».

Nick: «Dove sono i nostri genitori?!».

Malicious: «I vostri genitori, dici? Li ho venduti al miglior offerente».

Nick: «Bugiardo!!!».

Malicious: «Sei libero di credere ciò che vuoi».

Jasmine: «Perché fai questo?».

Malicious: «Sorellina… Lo scoprirai presto anche se in effetti ora sai tutto, ma non proprio tutto».

Dopodiché Malicious chiuse la diretta.

Nick: «Maledetto! Vengo lì e mi vendicherò per i miei genitori, e giuro, poteri o non poteri, che rimpiangerai di essere nato!».

Malicious, intanto, si rivolse ai generali.

Malicious: «Cari miei, so benissimo che voi avete fallito miseramente... E tu, generale Steel, chiuderò un occhio per la mia amata fortezza, solo se stavolta riuscirai a schiacciare quegli inutili ragazzini!».

Generale Steel: «Grazie per la sua comprensione, mio Signore, farò del mio meglio».

Improvvisamente, il generale Kant e il generale di Alfred entrarono nella sede portando i due amici catturati, e Malicious, contento, iniziò a ricredersi sull'efficienza dei suoi generali.

Generale Kant: «Guardate chi abbiamo pescato, due pesci molto succulenti!».

Carl e Chris: «Lasciateci andare!!!».

Chris: «Ecco Carl? Hai visto cosa hai combinato? Per colpa tua ci hanno beccati. Sei contento?».

Carl non rispose, facendo la vittima.

Generale Alfred: «Signore, cosa ce ne facciamo di questi due?».

Malicious: «Sbatteteli in cella! E ora andate dagli altri e accoglieteli come si deve, dategli il benvenuto che si meritano».Il luogo dove si trovavano adesso i ragazzi era una specie di arena per combattimenti con sei porte attorno, all'improvviso queste porte si aprirono e comparvero i generali sconfitti precedentemente: il generale Scott, il generale-scienziato Jester, il generale Alfred, il generale Kant, il generale Steel e il generale Peter, che i ragazzi non avevano mai incontrato prima.

Generale Kant: «Avete visto? Quello è il vero volto di "Galacticstrike", non siete contenti?».

Generale Peter: «È vero, ricordo perfettamente quel volto... stava accanto a quell'altro dopo l'esplosione nel corridoio della struttura piena di ragazzi, e subito dopo li abbiamo portati sul satellite di Marte. Collega, dovrai essere più cauto la prossima volta, non è da te».

Generale Kant: «Sì, hai ragione, ma compenso comunque alla fine abbiamo risolto ogni problema, ed è per merito mio se Malicious ora possiede tutti e otto i frammenti».

Gli altri generali, arrabbiati, si rivolsero ai ragazzi.

Generale Scott: «Me la pagherete per esservi presi gioco di me! Dopo essere inciampato mi sono davvero fatto male, sapete?».

Nick: «Ma dai, su, che alla fine ti sei messo a rotolare!».

Generale Scott: «Come osi insultarmi in questa maniera!? Se non fossi caduto ti avrei buttato nella lava bollente!!».

Billy: «Sai generale, in quel buco saresti stato perfetto come pollo arrosto».

Il generale Scott non riusciva a controllarsi dalla rabbia, e Jester si rivolse anche lui ai ragazzi arrabbiato e fuori di sé.

Generale Jester: «Non sopporto l'idea che voi abbiate riempito d'acqua il mio laboratorio, e che abbiate usato contro di me la mia amata creatura!!».

Jasmine: «Dovevi stare più attento, sei stato tu a far cadere accidentalmente il frammento».

Jester rimase ammutolito.

Generale Alfred: «Galacticstrike, ovvero Nick, ora che sei senza poteri cosa credi di fare contro di noi?».

Nick: «Se ho assaltato con successo la fortezza di Plutone, io e i miei amici assalteremo anche questo e metteremo in ginocchio quello schifoso di Malicious!».

Il generale Steel strinse i pugni e gridò dalla rabbia:

Generale Steel: «Ora basta! Questa volta noi non falliremo!!».

Non esitò è si lanciò all'attacco dei ragazzi, seguito dagli altri generali. I giovani stavano in guardia, e al sopraggiungere dei nemici Jasmine diede subito il via alla sua contromossa: dal terreno fece crescere delle radici che si estesero con lo scopo di bloccare i generali, ma Steel, Kant, Peter e Alfred se la cavarono bene, mentre gli altri due, Jester e Scott, vennero subito presi e bloccati dalla morsa delle piante della fanciulla.

Generale Jester: «Dannazione ci ha fregati di nuovo!».

Generale Scott: «Mi sa che dovremo cambiare lavoro».

Generale Jester e generale Scott: «Ci dispiace, capo!».

Nick: «Brava, così, Jasmine, non mollare!».

Jasmine: «Grazie Nick!».

Generale Alfred: «Non riuscirai, ragazzina, a prenderci con le tue miserabili piantine!».

Jasmine: «Ah sì? OK, vediamo se ve la cavate con questa!!».

Jasmine aumentò il suo potere trasformando l'arena quasi in una foresta amazzonica, impedendo ai generali di muoversi completamente.

Generale Kant: «Questo, amici miei, non ci voleva...».

Generale Alfred: «Dannate piante!!!».

Generale Peter: «Ehi, laggiù! Jester, generale Mercurio!! Tutto OK?».

Generale Jester: «Eh, insomma, mi sento come un topo intrappolato in una tela di ragno».

Generale Scott: «Nooo... abbiamo persoooo!! Anche stavolta!!».

Il generale Steel, sorridendo, sfoderò il suo asso nella manica:

Generale Steel: «Tsk, non credo proprio... Avanti, miei uomini!!!».

Anche il generale Steel di Plutone chiamò il suo esercito per partecipare allo scontro.

Billy: «A quanto pare hanno chiamato la cavalleria...».

I soldati circondarono Nick, Billy e Jasmine, che, non volendo darsi per vinti tentarono una controffensiva, ma i soldati erano troppi. Intanto, seduto comodamente nella sua sala, Malicious stava osservando la situazione, amareggiato nei confronti dei suoi generali:

Malicious: «Che razza di buoni a nulla!! Ma devo sempre sporcarmi le mani io, accidenti! Non appena i ragazzi li vedranno, penso che non resisteranno a lungo, muhahahahah!!».

Malicious attivò il pulsante e liberò i "super soldati" da lui creati. Questi ultimi, appena entrati in azione, cominciarono a prendere di mira tutto ciò che gli veniva sotto tiro, soldati compresi, con i loro super poteri (aria, elettricità, magma, acqua, ghiaccio, neutra, oscurità, luce). L'ottavo frammento Malicious lo aveva ottenuto quando il generale Peter era arrivato sulla Terra, subito dopo la seconda esplosione della scuola, quando, per puro caso, il generale Peter era entrato nel laboratorio di scienze e aveva trovato il frammento, splendente come il sole, su un banco per gli esperimenti.

Durante la battaglia, a un certo punto i ragazzi videro qualcosa a loro familiare, Nick intravvide i suoi genitori, e piangendo dalla gioia corse da loro.

Nick: «Madre! Padre! Sono contento di rivedervi!».

I genitori di Nick non sembravano più loro, e respinsero il loro figlio con un colpo di vento gelido.

Nick: «Perché fate questo? Sono io, Nick, vostro figlio!». esclamò perplesso.

Suo padre, senza dire una parola, lo congelò. Anche Jasmine incontrò suo padre, il saggio di Giove Ghallyan.

Jasmine: «Padre, sei tu? Che ci fai qui?».

Il saggio Ghallyan, anche lui trasformato, usò i suoi poteri e bloccò la figlia con un fascio di luce. Nel frattempo Billy aveva incontrato sua madre:

Billy: «Madre!!! Quanto mi sei mancata!».

A causa delle reazioni inaspettate dei rispettivi genitori, alla fine anche Billy venne preso, e ora tutti quanti erano stati portati via e rinchiusi nelle celle. La lotta all'interno dell'arena intanto continuava, e i "super soldati" di Malicious attaccavano con ferocia e senza pietà i soldati, generali compresi, e nemeno loro sapevano spiegare come mai all'improvviso Malicious avesse deciso di sbarazzarsi di loro. I generali ora erano confusi e disorientati, specialmente, Jester e Scott, ma quello più deluso era senza dubbio il generale Steel.

Generale Steel: «Non può essere, quel bastardo... ci ha traditi!! Per tutti questi anni che siamo stati al suo fianco, ci ha presi in giro!!».

Generale Peter: «E pensare che ci siamo sacrificati per lui!».

Generale Alfred: «Ci ha fatto faticare per trovare degli stupidi frammenti!».

Generale Kant: «Se lo avessi saputo prima glieli avrei rotti tutti in faccia!».

Il generale Kant si rivolse ai suoi compagni con orgoglio spezzato, raccontando ciò che Nick gli disse aveva detto su Marte.

Flashback:

Nick: «Ma perché voi generali fate tutto questo?».

Generale Kant: «Non sono affari tuoi... anzi no, ti spiego, noi lo facciamo per onorare il nostro Signore Malicious, colui che ci onora comanda e ci rispetta, la persona che finora è riuscita a tirare fuori il meglio di noi!».

Nick: «No! State facendo tutti un grosso sbaglio! Malicious vi sta solo sfruttando, per quale motivo secondo te ha voluto radunare tutti i frammenti?».

Generale Kant: «Li ha voluti radunare per il bene del sistema solare».

Nick: «Sì, vedo! Perché vi ha ordinato di saccheggiare paesi e pianeti, imprigionando persone innocenti? Probabilmente lo avrà fatto anche con la tua gente. Perché state collaborando con lui? Perché stai dalla sua parte? Non sai che cosa vuole fare veramente!».

Fine flashback.

Generale Alfred: «Quindi ci vuoi dire che lui si è preso la nostra gente, strappandoci da loro e allevandoci come dei soldatini obbedienti per tutto questo tempo!!».

Generale Kant: «Sì, vero, non ci volevo credere, ma ritrovandoci adesso in questa situazione tutto ciò che ha detto il ragazzo è vero».

Tutti i generali erano perplessi e pensierosi, e soltanto il generale Steel aveva in mente una cosa da fare, secondo lui indispensabile.

Generale Steel: «Sapete cosa facciamo…? Andiamo a liberare i ragazzi, loro non hanno colpa, dopodiché andremo a fargliela pagare, a quel pezzente di Malicious!! Gente, siete con me?».

Generali: «Sì, ben detto! Siamo con te!».

Generale Steel: «Bene, andiamo!».

Nick, Jasmine e Billy, erano stati sbattuti in cella dai loro stessi genitori, e Nick in particolare, era in preda alla rabbia e alla disperazione.

Nick: «Come diavolo è potuto accadere! Loro! Mi hanno attaccato! Perché? Non è giusto! È tutta colpa mia?».

Billy: «Colpa tua? Dimmi perché dovrebbe essere colpa tua, hai fatto caso a quanta gente strana è venuta fuori che aveva quasi gli stessi poteri?».

Jasmine: «A proposito di persone con poteri, se ti ricordi, Nick, quando eravamo su Plutone avevamo incontrato alcune persone rinchiuse nel laboratorio, e a quanto ci hanno detto gli scienziati di Malicious stavano conducendo degli esperimenti su di loro per creare dei "super soldati" impiantando le schegge sui corpi dei prigionieri. Osservando ora l'arena, le persone trasformate e i nostri genitori sono il frutto del successo di Malicious. Dai Nick, non ti puoi abbattere ora, specialmente adesso che siamo vicini alla fine!».

Chris: «Già! Se fossi in te, Nick, ascolterei la ragazza».

Nick, Jasmine e Bullo udirono una voce familiare che proveniva alla cella accanto e si voltarono. Quando Nick vide si suoi migliori amici la sua tristezza si trasformò in gioia.

Nick: «Carl, Chris, siete vivi?!».

Carl: «Certo che sì! Cosa pensavi, che ci avrebbero mangiati vivi? Anche seee, in effettiii, ora dovrebbe essere l'ora di cena...».

Billy: «Voi sapete come evadere da qui al più presto?».

Carl e Chris: «Beehh, noi, eccooo...».

Billy: «Come immaginavo: inutili», disse voltando le spalle ai due.

Generale Steel: «Avete chiesto aiuto?».

Nick, impressionato della visita dei generali, disse:

Nick: «Generali, che ci fate qua?».

Generale Alfred: «Siamo venuti a liberarvi».

Nick: «Ma perché lo state facendo, noi non siamo nemici?».

Generale Kant: «Sì, proprio così, ma grazie ai tuoi discorsi e a come si sono evolute le cose abbiamo capito che c'era del marcio in questa storia».

Generale Peter: «Dai, su, ora andate! Fate presto!».

Generale Steel: «Andate a fargli visita, a quello stronzo, mentre noi teniamo a bada la gente».

I generali fecero evadere i ragazzi, ma dalla telecamera Malicious aveva visto tutto e aspettava con ansia di accoglierli nel suo altare privato. Una volta arrivati, Malicious scagliò la sua ira sui ragazzi, un potere dietro l'altro. Nick, Billy e i due amici provarono ad assalirlo, ma vennero scaraventati via. Anche Jasmine provò a usare i suoi poteri su Malicious, ma quest'ultimo era divenuto troppo forte, anche perché, dopo essere riuscito a ottenere tutti e otto i frammenti, compreso il Medaglione Galattico, adesso praticamente era invincibile.

Malicious: «Poveri illusi, cosa speravate di fare, soprattutto te Nick! Ora che non hai più i tuoi frammenti non sei più niente!».

Il generale Steel provò a sparare un colpo con la sua arma al plasma, ma Malicious non subì neanche un graffio.

Malicious: «Generale Steel, perché questa inaspettata sorpresa?!».

Generale Steel: «Non fare il finto tonto, siamo venuti per vendicarci per tutto quello che ci hai fatto, sia nel passato che nel presente!».

Malicious: «Vedo che non vi sono ancora bastate le vostre umiliazioni».

Generale Scott: «Noi te la faremo pagare molto cara!».

Malicious: «Parli proprio tu, un pozzo senza fondo come te!».

Generale Kant: «Tu ci hai cresciuti per anni nella menzogna! Abbiamo sempre lavorato per te, siamo stati sempre al tuo fianco, per tanto di quel tempo che ormai alla nostra gente non ci pensavamo più, l'avevamo dimenticata! Ci hai praticamente oscurato la mente, soprattutto la mia! Ma, grazie a Nick, ce l'abbiamo fatta a ricordare chi siamo veramente».

Malicious: «Oh, ma che bravo, ha ricordato la sua famiglia, ora mi sto commuovendo».

Generale Kant: «Malicious! Anche tu hai una famiglia, lo dovresti capire! Anzi no… visto che hai schiavizzato tuo padre e l'intero sistema solare».

Malicious: «Sei astuto, davvero astuto, a me della mia famiglia non me ne importava niente, e lo sai il perché? Ora ti spiego. Un tempo ero un bambino felice, sereno e giocavo con i miei coetanei, ed era bellissimo… Poi, con il passare degli anni, diventai adolescente, e ogni volta che passavo per strada la gente cominciò a trattarmi male, e io non capivo il motivo. Un giorno, quando rientrai a casa, sentii mio padre che parlava con sua figlia, cioè mia sorella Jasmine, dicendo che io in realtà ero stato adottato, non ero suo figlio, e questa cosa mi fece arrabbiare molto. Aprii la porta con violenza e dissi: "Padre! Cos'è questa storia?". Io non volevo credergli! Scappai dal regno per giorni e giorni, ma mio padre mi trovò. Passarono giorni, e io iniziai a rubare a e rubare ancora! Arruolai i primi uomini e mi vendicai sulle prime persone che mi avevano voluto male; mio padre ovviamente, come ogni genitore, mi sgridò, ma a me non me ne importava niente! Infine giunse il giorno che stavo aspettando, i saggi, compreso mio padre, dovevano trovare una persona degna che custodisse l'artefatto che teneva in equilibrio il vostro amato sistema solare. Io ero l'unico! Non c'erano altri degni di tenerlo! E invece i saggi preferirono fare i bastardi con me dicendomi: "No, tu non sei degno, perché hai un'anima oscura". Avete capito? Ma non è finita, vuoi sapere da chi discendo, cara sorellina?».

Jasmine: «Eeeh sì… ebbene sì… da colui che ha cercato di distruggere vari punti della Via Lattea, ma giuro che non lo sapevo!».

Malicious: «Ma sul serio non lo sapevi!? Ma dai, non mi prendere in giro su! Nostro padre non ha mai provato a difendermi come se fossi stato veramente suo figlio di sangue, mi lasciò lì come un verme! Solo perché discendo da una famiglia di delinquenti galattici! Ma a pensarci bene… oh oh! Io sono stato più bravo di loro. Il perché? Ben ovvio! Visto che non mi avevano accettato, presi l'artefatto e cominciai a scatenare il caaaooossss! Sentire le urla della gente che scappava dal mio esercito era così eccitanteeee! Te lo ricordi generale Kant, vero? Sembravi contento quella volta, anche tu, generale Steel».

Generale Steel: «Farabutto!».

Generale Kant: «Eravamo solo ragazzini!».

Malicious: «Di solito ai ragazzini piace giocare alla guerra, dico bene? Ma quegli esseri infimi sono riusciti a strapparmi l'oggetto dalle mani! A esiliarmi su Sedna. Ma li devo ringraziare tanto, in un posto migliore di questo non mi potevano mandare! Poi frammentarono l'artefatto in otto parti, e ora che ho tutti e otto i frammenti, compreso il Medaglione Galattico, IO POSSO FINALMENTE RICREARE L'ARTEFATTO CHE DESIDERAVO! AH AH AH AH!!».

Mentre Malicious parlava, i frammenti nelle sue mani iniziarono a fluttuare nell'aria girando attorno al Medaglione Galattico.

Generali: «No! Te lo impediremo!», dissero con tenacia e determinazione.

I generali provarono disperatamente a fermare l'essere malvagio, ma Malicious, avvolto da un campo di forza, respinse ogni loro attacco; anche Nick e gli altri agirono senza successo, e Malicious, nonostante gli attacchi, riuscì a riassemblare i pezzi formando nuovamente il famoso oggetto galattico: un artefatto dall'enorme potere.

Malicious: «Grazie Jester, se non fosse per te non avrei mai ottenuto ciò che desideravo, quell'altro incapace della fortezza pensava a correre in bagno e basta!».

Poi continuò, una sorpresa attendeva ai Generali:

Malicious: «Ehi, branco di incapaci e buoni a nulla! Vi ricordate dei miei "super soldati"?».

Generale Steel: «Come?».

Generale Jester: «Aaahhh!!».

Con violenza, i "super soldati" portarono ad uno ad uno i generali dall'altra parte della parete, trascinandoli verso di loro.

Malicious: «Ah, padre, non mi deludere! Troppo divertente! È proprio vero! Com'è il detto dalle vostre parti, Nick? Chi fa per se fa per tre! Nemmeno su quegli idioti si può contare, tsk!».

Nick: «Tu sei un pazzo! Sei un folle squilibrato!».

Malicious: «Ma ti sei visto! Io sarei un pazzo? Mi prendi in giro? Sono solamente un essere a cui piace fare un po' di confusione e provocare terrore in chi non mi porta rispetto, e soprattutto in chi vuole mettermi i bastoni tra le ruote. Ci stavi riuscendo, Galacticstrike! Nome patetico, ma grazie a quell'ingenuo del generale Kant mi ha semplificato molto il lavoro».

Jasmine: «Perché non ritorni come una volta?! Non eri così! Vorrei che tu ritornassi come quando eravamo bambini, tu eri buono e gentile una volta, quando c'era un problema lo risolvevamo insieme, ricordi? Ritorna in te!».

Malicious: «Ma ci speri ancora, povera sciocca?! Ora il bambino non c'è più! E, signore e signori, date un caloroso benvenuto a un nuovo ospite!».

Malicious posizionò l'oggetto galattico in un'apposita fessura formando così un portale dimensionale. Nick era senza poteri, e non potendo più trasformarsi in Galacticstrike, doveva sconfiggere l'essere malvagio con quello che gli restava, insieme all'aiuto dei suoi amici. Nel frattempo, i generali erano impegnati con i "super soldati" creati da Malicious. Una volta attivato, il portale cominciò a inghiottire tutto ciò che si trovava nella stanza, e più attirava verso di sé, maggiore era il potere attraente. Nick, Carl, Chris, Billy e Jasmine cercavano di resistere e tenere duro, mentre Malicious, completamente fuori dall'euforia, disse:

Malicious: «Presto il sistema solare cadrà nelle mie mani!! Tutti voi soccomberete e vi pposterete ai miei piedi!».

Jasmine si staccò, non riuscendo a trattenersi.

Nick: «No!», esclamò.

La fanciulla non mollò e creò con il suo potere una catena di piante che legava Nick, Billy, i due amici e sé stessa, che rimasero ancorati senza pericolo alle colonne della stanza. Ma il pericolo non fermarsi era cessato, anzi, diventava sempre più forte! Parti della sala vennero smantellate e risucchiate, e a quel punto Jasmine doveva trovare altro su cui legare sé e i ragazzi.

Jasmine: «Fratello, fermati! Non sai quello che stai facendo!».

Malicious: «Oh sì invece, so esattamente che cosa sto facendo e non mi tiro indietro, cara sorellina».

Tutto sembrava ormai irrimediabilmente perduto, quando, all'improvviso, comparve in in aiuto Martha, la marziana. Tutti quanti la videro, e notando il gesto della ragazza gridarono

Ragazzi: «Nooo, è pericoloso!».

Martha si lanciò contro Malicious, ma quest'ultimo non fu colto impreparato e la respinse. Jasmine, con le liane create da lei, trasse in salvo la marziana afferrandola al volo.

Malicious: «Che cosa credevi di fare, mocciosa marziana, non pensavo che tu avessi così tanta fretta, credevi che una volta spinto me nel portale tu avessi risolto il problema? Beh, se è così… ti accontento subito!».

Malicious, di sua spontanea volontà, si tuffò nel portale portando con sé l'oggetto. Tempestivamente Jasmine riuscì a strapparglielo dalle mani con i suoi poteri, e Malicious, colto di sorpresa, urlò:

Malicious: «L'oggetto galattico noo! Poveri illusi, ci rivedremo prestoooo! Ah ah ah!

Con un gesto maestoso, Malicious si erse in tutta la sua figura, con un gesto teatrale si nascose il viso nel mantello, si voltò e si lanciò nel portale scomparendo alla vista.

Billy: «È finita?».

Nick: «Pare di sì».

Jasmine: «Così ce l'abbiamo fatta, non è vero Nick?».

Martha si avvicinò ai ragazzi e disse:

Martha: «Ehi ragazzi, state tutti bene?».

Nick: «Sì, più o meno…».

Jasmine: «Ma tu, Martha, non eri in prigione?».

Martha: «In effetti ci dovevo rimanere, ma quando ho saputo dalle guardie che parlavano tra loro che cosa stava succedendo lì da voi, mi sono sentita in dovere di fuggire e venire in vostro soccorso. Ho dovuto pensare a un modo per evadere il più velocemente possibile, e fortunatamente mi sono accorta di un masso che sporgeva, così l'ho estratto con senza fare rumore. Poi ho notato che nelle pareti nessun masso era fissato bene, che cavolo! Ma come le hanno fatte, queste prigioni?! Sono passata nella fessura e sono andata via, e ho preso il primo veicolo spaziale in circolazione».

Billy: «Wow!», esclamò sbalordito.

Nick: «Beh, che dire, hai avuto fegato, venire fin qua e rischiare la vita per cercare di salvare la nostra».

Martha: «Grazie! In fondo tutti abbiamo diritto a una seconda occasione. Dopo essermi presa gioco di voi, era il minimo che potessi fare, veramente!».

Jasmine sorrise per il suo gesto e la ringraziò di cuore.

Martha: «Quindi... Non siete più arrabbiati con me? Posso stare tranquilla?».

Nick: «Penso proprio di sì».

Martha: «E ora che tutto è sistemato, come farò con la mia gente quando mi vedranno sul pianeta, dopo esser fuggita dalla prigione?».

Jasmine: Non preoccuparti, daremo metteremo una buona parola per te».

Martha: «Grazie mille, sono contenta!».

Nick: «Ora che Malicious è scomparso, come facciamo a ristabilire l'equilibrio del sistema solare?».

Il saggio Ghallyan e i generali si avvicinarono lentamente ai ragazzi confortandoli.

Saggio Ghallyan: «Non temete, io e i generali siamo riusciti a raccogliere le schegge dei frammenti impiantati nei corpi dei "super soldati", ovvero della povera gente, abbastanza per poter ripristinare i frammenti».

Jasmine corse ad abbracciare suo padre esclamando di gioia:
Jasmine: «Padre, stai bene? Come sono felice di rivederti!».

Saggio Ghallyan: «Anche io, piccola mia!».

Jasmine: «Mio fratello è scomparso...».

saggio Ghallyan: «Già, chissà perché ha voluto buttarsi nel portale...».

Generale Steel: «È merito vostro che siete riusciti a farci aprire gli occhi su quello che Malicious voleva fare veramente con noi, con voi e con l'intero sistema solare».

Generale Alfred: «Vi porgiamo le nostre umili scuse per quello che abbiamo combinato. Se avessimo continuato a servire quello schifoso, beh…».

Nick: «Scuse accettate, non ne avete colpa, davvero».

Il generale di Kant si avvicinò a Billy:

Generale Kant: «Sono davvero dispiaciuto per quello che ti ho fatto, non dovevo scavare nella tua mente, non dovevo farti del male in quel modo. Ho capito cos'hai passato, ma in fin dei conti non avevo scelta, ti va di ricominciare da capo?», disse sollevando la mano in segno di amicizia.

Billy lo guardò, poi rivolse lo sguardo sulla mano del generale, e stringendogli la mano gli rispose:

Billy: «Sai, alla fine mi hai fatto riflettere, mi hai fatto capire tante cose, che non ho bisogno di una figura superiore per capire chi sono veramente, nella vita mi sono sempre "mascherato" da persona meschina verso gli altri, comandavo a bacchetta e chi disobbediva… erano pugni in faccia! Dietro quella maschera si celavano la rabbia e il rancore, e mi scagliavo contro i più deboli perché in realtà il debole ero io. Ho avuto un'infanzia orrenda, ma ormai ho capito, l'unico modo per ritrovare me stesso era quello di trovare gente che mi capisse, ovvero degli amici, grazie!».

I ragazzi uscirono dalla base e si trovarono nel piazzale antistante.

Nick: «Chissà dove saranno finiti i miei genitori…».

Udendo una voce alle sue spalle si voltò.

Madre di Nick: «Siamo qui, Nick!».

Padre di Nick: «Ehi, super eroe! come andiamo?!».

Nick si girò verso di loro e corse ad abbracciarli con il cuore carico di gioia.

Nick: «Temevo che non sareste più tornati come prima».

Madre di Nick: «Il saggio di Giove ci ha raccontato che dopo che i generali avevano trovato un modo per recuperare le persone dal potere delle schegge sono venuti ad aiutare anche noi».

Nick: «Ma come avranno fatto…», si chiese perplesso.

Il generale Kant si introdusse nel loro dialogo, e fornì la risposta alla domanda fatta da Nick.

Generale Kant: «Quando io e i gli altri generali ci siamo scontrati con i "super soldati" di Malicious, non potevamo usare le maniere forti dopo tutto quello che noi gli avevamo fatto passare, e allora abbiamo riflettuto su quale potesse essere la soluzione, e c'era solo una persona che era in grado di ripristinare il tutto».

Nick: «Intendi dire il saggio Ghallyan?».

Generale Kant: «Naturalmente».

Nick: «Ma dimmi, come avete fatto a rinsavire se eravate sotto l'effetto della scheggia?».

Generale Kant: «È stato un po' complicato, all'inizio lo abbiamo combattuto, e non è stato affatto facile, nemmeno noi siamo riusciti a contrastarlo, ma poi abbiamo trovato un modo per trattenerlo. In quattro, per l'esattezza, siamo riusciti a calmarlo, poi io con i miei giochetti mentali ho annullato l'effetto della scheggia che intaccava la mente. Dopo di che lui ha ripreso conoscenza, e con i suoi poteri ha tolto di colpo le schegge sui malcapitati».

Nick rimase sbalordito lavoro di squadra dei generali.

Nick: «Avete fatto un gran bel lavoro, veramente! E pensare che qualche istante fa eravamo nemici», disse entusiasta e sorpreso dal cambiamento dei generali.

I due amici che sembravano scomparsi sbucarono fuori all'improvviso con il generale Jester e il generale Scott che stavano giocando con una consolle portatile su una gradinata fuori dalla base.

Generale Jester: «Che scienza è mai questa?», disse incuriosito dallo strano oggetto elettronico che teneva in mano.

Chris: «È strano detto da te: sei uno scienziato e non conosci questa "tecnologia"!».

Generale Jester: «Effettivamente…».

Generale Scott: «Possiamo provarlo?», chiese incuriosito.

Carl: «Ma certo! Ma occhio al boss finale».

Il generale Peter osservava la scena tra i generali e i ragazzi che dialogavano insieme e disse ai suoi compagni e a Nick:

Generale Peter: «Guardali come sono diventati, da generali spietati e senza cuore a degli agnellini indifesi!».

Generale Alfred: «Non sembrano nemmeno loro».

Generale Peter: «Sembrano dei bambini! Si sono veramente trovati con quei ragazzi».

Generale Steel: «Nick, ti ringrazio ancora per quello che hai fatto, e per riconoscenza ti doniamo questo prezioso oggetto. Quando hai bisogno noi ci saremo».

Nick: «Grazie a voi per avere compreso, non subito, ma avete compreso».

Generale Peter: «Ah già, per i danni alla scuola… io e il generale Kant abbiamo pensato in qualche modo di riparare».

Nick: «Non ce n'era bisogno».

Generale Peter: «Sì, invece».

Generale Steel: «OK, è tempo di andare ciascuno per la propria strada, vero amiconi?».

Generale Scott: «Ma dobbiamo proprio?!».

Genitori di Carl e Chris: «Carl, Chris! Dai, andiamo».

Carl e Chris: «No, dai, abbiamo appena fatto amicizia con i generali».

Generale Jester: «Aspettate un attimo, fatemi abbattere questo stronzo e poi arrivo».

Nick: «Avete sentito? Forza, andiamo. Per quanto riguarda le persone liberate su questo pianeta, come facciamo a riportarle indietro?», chiese rivolgendosi al generale Steel.

Generale Steel: «Tranquillo, Nick, visto che noi generali andiamo per la nostra strada, ognuno prenderà la propria gente con sé e la porterà sul proprio pianeta».

Nick: «Generale Peter, anche se non sei di questo pianeta, potresti portare la mia gente a casa loro?».

Generale Peter: «Nessun problema, amico».

Nick: «Perfetto!».

Generale Jester: «Sì!! Ce l'ho fatta, ho abbattuto quello stronzo!».

Carl: «Aaaaaa, non ci credo! Ho provato e riprovato per mesi e mesi a completare quel livello!».

Generale Scott: «Coraggio, ti andrà bene la prossima volta».

Chris: «Ah ah ah! Battuto da un novellino!».

Martha salutò tutti, abbracciando Nick, Billy, Jasmine e i due amici, e chiedendo ancora scusa per il trambusto che avave causato salì a bordo dell'astronave del generale Kant con la sua gente e partì verso casa.

E così ragazzi avevano ritrovato i propri genitori, creduti persi. Nick, dopo un lungo viaggio, era riuscito a trovare e a salvare sua madre e suo padre tenuti schiavi da Malicious. Billy, dopo essere uscito dalla base, era corso tra le braccia di sua madre piangendo di gioia, e Carl e Chris avevano fatto altrettanto con i propri genitori. Jasmine aveva gioito con suo padre per la disfatta di Malicious, anche se in fondo un po' alla fanciulla dispiaceva, perché era pur sempre suo fratello, anche se non di sangue.

Non è ancora finita…

Dopo la sconfitta di Malicious, i ragazzi si riunirono insieme sul pianeta Giove con i saggi Ghallyan di Giove, Sakhis di Saturno e Kesshõ di Urano, dove, nell'altare del palazzo del saggio Ghallyan, avrebbero ripristinato i frammenti. Jasmine, finalmente, poteva incontrare nuovamente i suoi zii e suo padre dopo un lungo periodo di tempo.

Jasmine: «Zio Sakhis! Zio Kesshõ! Sono felicissima di rivedervi, e di vedere te, zio Sakhis, che stai bene!».

Saggio Sakhis: «Grazie, nipotina mia, devi sapere che ora tutti quanti noi su Saturno stiamo bene. Quando verrai a trovarmi di nuovo ti mostrerò come si è trasformato il mio palazzo, adesso è tutto nuovo».

Jasmine: «Non vedo l'ora!».

Saggio Kesshõ: «Lui ha rinnovato il palazzo, invece il mio è sempre quello», disse scherzando.

Poco prima del rito, Nick, rivolgendosi ai saggi, voleva approfondire la questione delle schegge.

Nick: «Ora che avete estratto le schegge dai corpi, voi saggi potete fabbricare un altro oggetto galattico, dico bene?».

Saggio Ghallyan: «Sì, proprio così».

Saggio Sakhis: «Ricordati, giovanotto, che siamo stati proprio noi a frammentare l'oggetto».

Saggio Kesshõ: «E così come lo abbiamo frammentato possiamo anche ricomporlo».

Saggio Ghallyan: «Ora state distanti e mettetevi comodi, in questo momento avviamo il rito di ricomposizione».

Tutti si riunirono all'altare dove si teneva il rito. Il rito si avviò, un bagliore di luce si accese di tanti colori, ciascuno il colore di un frammento, le schegge che erano state impiantate nei corpi delle persone si richiamarono e si ricongiunsero, e finalmente i frammenti vennero ricreati. I ragazzi rimasero meravigliati e sbalorditi da tanta magia e dalla luce che aveva avvolto la stanza. Nick si rivolse di nuovo al saggio di Giove parlando di Malicious:

Nick: «È strana la sparizione di Malicious...».

Saggio Ghallyan: «Dimmi tutto».

Nick: «Prima che Malicious si lanciasse nel portale ha detto: "credevi che una volta sparito nel portale tu avessi risolto il problema? Beh, se è così... ti accontento subito!". Pensavo che stesse scherzando! Mi chiedo per quale motivo si è lasciato rubare l'artefatto così facilmente...».

Jasmine, che aveva prestato ascolto al discorso tra suo padre e Nick, intervenne:

Jasmine: «Padre, Nick, scusatemi! Sai padre, quando io e Nick eravamo nella grotta. all'interno del cratere di Mercurio, e anche nel tempio di Venere, abbiamo trovato dei geroglifici che io stessa ho decifrato: parlavano proprio delle cose che mi raccontavi quando ero piccola, ti ricordi, vero?».

Saggio Ghallyan: «Certo che ricordo, mi ricordo bene come eri nanerottola... C'era una volta un uomo che affidò l'oggetto galattico al suo migliore amico, ma l'amico non riuscì a trattenere il suo potere e divenne malvagio. Allora, per contrastarlo, l'uomo dovette creare un nuovo oggetto. Dannazione, Malicious! Non è il sistema solare che vuoi, ma l'intera galassia e forse anche di più, l'universo! Se trova quell'altro oggetto nascosto nella dimensione in cui si trova per noi è la fine!».

Tutti rimasero pietrificati dalle parole del saggio. Il saggio Ghallyan riflettè prendendo in mano l'oggetto galattico strappato dalle mani di Malicious al momento del suo tuffo nel portale, poi alzò lo sguardo verso Nick:

Saggio Ghallyan: «Guarda, in compenso abbiamo questo», disse sollevando l'oggetto galattico, e aggiunse:

Saggio Ghallyan: «Guardiamo il lato positivo, lui in questo momento si trova in svantaggio e noi, fino a quando non si rifarà vedere, possiamo prenderci il giusto tempo per pianificare una strategia».

Nick: «Vero, hai ragione saggio, e se hai bisogno nuovamente di aiuto sai come contattarmi, basta che tu non mi faccia venire il mal di testa come l'ultima volta».

Saggio Ghallyan: «Ah ah ah! Sì, hai ragione, cercherò di fare più attenzione la prossima volta».

I saggi organizzarono in tempo una grande festa, a cui invitarono una loro cara amica di Mercurio, Toka. Come arrivò si diresse subito da Nick e Jasmine, per fare loro le sue congratulazioni.

Toka: «Complimenti ragazzi, siete riusciti a sconfiggere Malicious, se lo merita, quel brutto mascalzone».

Nick: «Beh, ecco…».

Jasmine: «A dire la verità Malicious non è scomparso del tutto».

Toka: «Come sarebbe a dire!?».

Nick: «Lui si è gettato di sua spontanea volontà, e presto…».

Jasmine: «Tornerà…».

Toka: «Peccato, ho cantato vittoria troppo presto, temo che non riusciremo a sbarazzarci facilmente di lui».

I genitori di Nick si presentarono davanti al saggio Ghallyan e ai suoi fratelli.

Madre di Nick: «Salve, noi siamo i genitori di Nick, come ha fatto nostro figlio a fare tutto questo viaggio?! È incredibile!».

Saggio Ghallyan: «Vostro figlio è un ragazzo molto in gamba, non è un tipo che si arrende facilmente».

Padre di Nick: «E pensare che un tempo stava su una sedia a rotelle, ma come ha fatto a guarire così in fretta?!».

Saggio Gallyan: «Sono stato io!», rispose modesto.

I genitori rimasero ammutoliti non sapendo più cosa dire. Gli altri due saggi erano lì ad ascoltare il discorso, e il saggio Kesshõ disse:

Saggio Kesshõ: «Ah ah ah! Sì, scusatelo, a mio fratello piace molto scherzare».

Il saggio Ghallyan e Sakhis, nel frattempo, guardarono male suo fratello mentre stava ridendo per le sciocchezze che aveva appena detto, mentre Nick, Billy, Jasmine e gli altri due amici erano dall'altra parte della sala.

Nick: «Billy, caro mio, che ne pensi di tutto questo?».

Billy: «Sai cosa penso, che dovremmo rifarlo di nuovo! Navicelle spaziali! Evasioni dalle carceri! Robot! Bestie aliene! Nuovi mondi! Sono pronto a spaccare il culo di un bastardo che osasse solo mettere piede su questo sistema solare!».

Nick: «Siete con noi?».

Jasmine e Billy: «Ci puoi scommettere!».

Nick si accorse che Carl e Chris discutevano sui nuovi videogiochi che volevano acquistare e non lo stavano ascoltando.

Nick: «Ehi voi, distratti, siete con noi?».

Carl: «Ma certo! Gli farò assaggiare la mia spada laser!».

Chris: «Gli farò esplodere la testa con la mia abilità lv.100!».

Dopo una lunga serata tra divertimento, balli e giochi la festa finì, e tutti dovettero tornare ai loro rispettivi pianeti. Nick stava per partire con i suoi genitori, ma prima che lasciasse la sala Jasmine lo fermò.

Jasmine: «Aspetta, Nick!», lo abbracciò e in un attimo lo baciò, in un bacio di arrivederci.

Madre di Nick: «Il nostro ragazzo sta crescendo in fretta!», disse commossa.

Padre di Nick: «Già, ormai è un uomo!».

Billy, Carl e Chris: «Uuuuuu!», dissero maliziosi in coro.

Nick: «Dai, che c'è? Non posso avere un momento di romanticismo con la mia amata?».

Jasmine sorrise arrossendo e i due ragazzi si salutarono.

Pianeta dolce casa

Tornato a casa, Nick riprese con le sue passioni: giocare ai videogiochi con gli amici e leggere i suoi fumetti preferiti. Billy era ormai diventato un bravo ragazzo, e insieme a sua madre aveva messo da parte il suo rancore verso il padre. Carl e Chris continuavano a ritrovarsi con Nick.

Un giorno i ragazzi, chiacchierando mentre erano in cammino verso la scuola, all'improvviso si fermarono non credendo ai loro occhi: il generale Peter e il generale Kant stavano lavorando per rimettere in piedi scuola e il resto. E non solo… Oltre a loro c'erano anche gli altri, e ognuno svolgeva un proprio lavoro. Il generale Steel progettava le infrastrutture della scuola, il generale Alfred era addetto all'impianto elettrico e il generale Scott alla cucina, mentre Jester, lo scienziato, rassicurava le persone del posto.

Billy: «State vedendo anche voi quello che sto vedendo io?».

Nick: «Direi proprio di sì».

I ragazzi si avvicinano al generale di Plutone mentre stava dando ordini su come posizionare il carico della gru.

Generale Steel: «OK, un po' a destra, così, piano, più centrato professoressa, più centrato. Ehi, ragazzi, come andiamo, giornata perfetta, non trovate?».

Nick: «Sì, ottima, ma cosa ci fai qui?».

Generale Steel: «Ho visto il danno che avevano fatto i miei colleghi. Il generale Kant e il generale Peter mi hanno chiesto aiuto, e così ho desiso di scendere e pianificare la ristrutturazione. Hai presente la base su Plutone?».

Nick: «Sì, certo, non mi dire che l'hai costruita tu!».

Generale Steel: «Certo che sì! Ma ti dico la verità, questo progetto mi piace di più. Comunque, Nick, vai a dare un'occhiata all'interno».

I due amici Carl e Chris stavano passeggiando lungo il corridoio quando, entrati in cucina, videro il generale di Mercurio che stava preparando dei dolci.

Generale Scott: «Chris, Carl, Che sorpresa!».

Chris: «Generale Scott, che ci fai qua?».

Carl: «Non sei tornato sul tuo pianeta?».

Generale Scott: «Noi generali sapevamo che avevate bisogno di aiuto, e così siamo venuti a darvi una mano».

Carl: «Quindi c'è pure Jester».

Generale Scott: «Sì, c'è anche lui. Ah, sapete, qualche giorno fa sono andato a comprare, con il mio caro denaro, una consolle e, udite udite, il gioco "Destroy Empire 2", la commessa mi ha detto che è appena uscito».

Carl e Chris, che non ne sapevano nulla, furono estasiati della nuova uscita del gioco.

Generale Scott: «Ragazzi, dovete assolutamente provarlo!».

I due amici corsero spediti a comprarlo, e lungo il corridoio si scontrarono proprio con Jester.

Generale Jester: «Ehi, attenti ragazzi, lo so che non vedevate l'ora di vedermi, però si può sapere perché andate così di fretta?».

Carl e Chris: «Stiamo andando di corsa a comprare il nuovo gioco "Destroy Empire 2"».

Generale Jester: «OK, allora vi seguo! Quel bastardo del generale di Mercurio non me lo ha voluto fare provare, ma tranquilli, gli ho fregato un po' del suo denaro, ih ih ih».

Bullo incontrò il generale di Saturno mentre quest'ultimo stava installando l'impianto elettrico della scuola.

Billy: «Allora, da generale ad addetto dell'impianto elettrico».

Generale Alfred: «Sì, proprio così! Niente più satelliti e cannoni, niente più truppe, niente più ordini, solo cavi elettrici!».

Billy: «E io niente più ricatti e niente più pestaggi».

Generale Alfred: «Niente di niente! Ah ah ah!».

Billy: «Ah ah ah!».

Poco dopo, Jester era in negozio a comprare il videogioco che tanto attendeva; lo prese in mano e lo consegnò alla cassa per il pagamento.

Cassiera: «Sono 49,90 in totale, preferisce pagare con la carta di credito o in contanti?».

Generale Jester: «Ecco, preferisco in contanti».

Il generale Jester tirò fuori il suo portafogli per prelevare il denaro, e nello stesso momento dall'altra parte del paese il generale Scott dal suo appartamento udì:

Generale Jester: «Scoooooooottttttttt!!!».

Il generale Scott, tranquillo sulla sua poltrona imperiale, stava sorseggiando una tazza di tè:

Generale Scott: «Te lo avevo detto...» disse sorridendo di nascosto.

Questo era l'inizio di una storia, la storia di un ragazzo disabile fin dalla nascita ma di grande intelligenza. Veniva deriso spesso da persone che lo giudicavano un perdente, ma aveva amici che lo difendevano e i genitori che lo amavano. Nonostante la sua diversità era riuscito a realizzare i suoi sogni, anche se improbabili, era riuscito a viaggiare a bordo di un'astronave, aveva fatto nuove conoscenze, aveva affrontato grandi pericoli per salvare la sua gente, era riuscito a farsi amici coloro che un tempo erano suoi nemici. E tutto questo non grazie ai poteri dei frammenti, bensì al suo coraggio, la sua voglia di andare avanti nonostante tutto, anche se a volte potrebbe andare storto. È soltanto avendo uno scopo che si riesce a non smarrire il proprio cammino. Nick ha saputo dimostrare che non servono i super poteri per poter raggiungere i propri obiettivi, ma coraggio, pazienza e tanta costanza, sapendo che dietro l'angolo c'era ancora una minaccia irrisolta che lo attendeva.

www.ingramcontent.com/pod-product-compliance
Lightning Source LLC
LaVergne TN
LVHW010337200726
843507LV00010B/1540